Sy

BRAND

Shuichi Yoshida

ブランド

目次

装丁　國枝達也

写真／新年／絆

写真

ここに一枚の写真がある。もう二十年も前に撮られたものだが、上部に画鋲《がびょう》を刺した穴が一つあるだけで、比較的色あせも少ない。特別、大切にしていたわけでもないが、過去五回の引っ越しでも紛失せず、こうやって未《いま》だに手元にあるのだから、そこそこ生命力のある写真なのだと思う。

写真には、高校最後の夏休みを謳歌《おうか》する自分と、ある女の子が写っている。場所は実家からバスで十五分の海水浴場、背後の空には夏雲一つない。

当時所属していたバスケット部の友人たちと向かった海水浴だった。そこに偶然彼女が来ていた。彼女は親戚《しんせき》家族と一緒だった。姪《めい》っ子たちのお守りなのよ、と笑っていた。学校で彼女と話をしたことはなかった。話もできないくらい好きだった。

沖へ泳いでいった友人たちの目を盗み、海の家の売店でカメラを買った。姪っ子たちと砂遊びをする彼女に、決死の覚悟で声をかけた。一緒に写真を撮って欲しいと言うと、彼女は少し驚いて、「でも、今、これだし」と砂まみれの手を広げてみせた。

波打ち際で洗ってくる、という彼女に、「そのままでいい」と言った。沖から口うるさい友人たちが戻ってくるのが見えていた。近くにいたおばさんに頼んで撮ってもらった。「もっと近くに寄りなさいよ」と茶化すおばさんは人選ミスだったが、彼女は嫌な顔もせず、じっと横にいてくれた。ただ、後日現像すると、これがひどい逆光写真だった。

先日、久しぶりに休みが取れて、近所のスポーツセンターへ泳ぎに行った。その間に掃除するから、息子の優太《ゆうた》も連れていけ、と妻には言われたが、当の優太は滑り台がないスポーツセンターのプールに興味を示さなかった。

プールへ向かう途中に、野球場がある。野球場の脇を歩いていると、スタジアムからの歓声が、蝉の声に混じって聞こえた。高校野球の大会が行われているらしかった。

正面玄関の方は混んでいるだろうと思い、裏口のほうへ回り込んだ。しばらく歩くと、がらんとした球場の裏に、ユニフォーム姿の男の子と、制服姿の女の子が立っているのが見えた。男の子の腕は日に灼《や》けて黒光りし、女の子の白い首筋が赤く火照っていた。

邪魔をしないように方向を変えると、私の足音に気づいた女の子が、とつぜん駆け寄ってきて、「すいません、写真を撮ってください!」と言う。その表情がひどく焦っており、柱の陰にいる男の子も、そわそわと球場内を窺《うかが》っている。中で試合前の作戦会議でもやっていて、それを抜け出してきているのかもしれない。

「あの、お願いします!」

女の子に改めて言われ、その緊張感が伝わってくる。

私はカメラを受け取ると、思わず男の子が待つ場所へ駆け寄った。正直、記念写真というよりも、UFOでも見つけて慌ててカメラを構えるような気持ちだった。

カメラを覗《のぞ》くと、男の子が少しだけ迷惑そうな顔をしていた。それで二人の関係がなんとなく想像できた。逆光だったが、場所を移動したほうがいいと提案できないほど、二人は焦ってみえた。自分が動けばいいのだが、その時間もないほど切迫した雰囲気だった。

仕方なくその場でシャッターを切った。切ったとたん、男の子は一礼して球場の中へ駆け込み、そこには日に灼けた女の子だけが残った。カメラを渡すと、「ありがとうございました」と深々と頭を下げる。目的を果たし、緊張がとけた、清々《すがすが》しい笑顔だった。


さっきプールから戻って、二十年も前の写真を眺めている。

写真には二十年前の自分と、当時大好きだった女の子が写っている。ただ、逆光のせいで、二人の顔は朧《おぼろ》げにしか写っていない。考えてみれば、私にはもうこの朧げな彼女しか思い出せない。二十年の間に記憶は薄れてしまい、思い出せるのはこの逆光で笑顔を奪われた彼女だけなのだ。

しばらく眺めていると、妻がスイカを持ってやってきた。「何、それ?」と写真を覗き込むので、「高校の頃、好きだった子とのツーショット」と答えた。妻は、「へー」と言いながら写真を奪い、「何よ、これ。顔、分かんないじゃない」と笑った。

出て行こうとする妻に、「さっき、これと同じことしちゃったよ」と私は言った。

「さっき球場んとこで、写真撮ってくれって頼まれて、逆光だったけど……」と。

妻は興味もないらしく、何も言わずに出ていった。廊下で電車遊びをしている息子を軽く叱り、鼻歌を歌いながら。

新年

ここにもう五年も前の年賀状がある。もらったものではなく、出そうとして出さなかった年賀状。いや、出そうとして出せなかった年賀状だ。

ハガキの表には、実家の住所と両親の名前がある。たしか近所のコンビニで、五枚一組で売られていたハガキで、裏にはさして珍しくもない馬のイラストがあり、金文字で「謹賀新年」と書いてある。おそらくこの手の年賀ハガキは、できるだけ文章を書かずに済むように作られているのだろうと思う。紙面一杯に描かれた馬のイラストの下に、気持ちばかりの余白があって、そこに五年前の自分の言葉が残っている。

今日、行きつけの韓国家庭料理店へ行ったのは、午後六時前だった。昼食を食べておらず、夜は打ち合わせが入っていたので、早目の夕食を一人でとろうと思った。さほど広くもない店内には、三人組の客がいるだけだった。たまたま案内された席が彼らの隣で、プルコギ定食を注文してしまうと、嫌でもその会話が耳に入ってくる。

「浅草《あさくさ》まで行って、お父さんと二人で『電気ブラン』飲んできたんよ。昼間から」

「電気ブラン?」

「お前、知らんのか? 神谷《かみや》バーの『電気ブラン』って言うたら、お父さんが学生のころには誰でも知っとったけどなぁ」

三人はテーブルに並んだ韓国家庭料理を旨《うま》そうにつまみながら話していた。どうやら田舎から出てきた両親と、東京に暮らす息子が久々に顔を合わせているらしかった。会話は神谷バーの「電気ブラン」から、はとバスの話、二人が泊まっているホテルの話に移り、「で、お前はいつまでそうフラフラしとるつもりか?」という核心へと急に飛んだ。一瞬、あかの他人であるこちらまで、背筋が伸びてしまった。それくらい親父さんの一言は唐突だった。

「あの、なんていうか、お母さんたちはあんたの今の仕事がどうのこうのって言いたいわけじゃないのよ。バーテンダーさんだって立派な仕事よ。ただ、ほら、その先輩のアパートにいつまでも同居させてもらうわけにもいかんやろう」

あまりに唐突だった親父さんの言葉を、慌ててお母さんが補足する。

「だけん、今は金貯めて、将来的には先輩と一緒に店を持つつもりやけん」

「お前は、そう簡単に言うけどさ。自分の店を持つって大変なことぞ。その前にバーテンダーだって、何年も修業して……」

その辺りで注文していたプルコギ定食がきた。なるべく聞かないようにするのだが、狭い店内、三人の話し合いは全部耳に入ってくる。東京で夢を追う息子。その生活が自堕落にしか見えない両親。いくら言葉を弄《ろう》しても、会話は平行線のままだった。傍《はた》で聞いていると、息子を応援したくもあり、両親の心配もよく分かった。誰にも将来のことなど分からない。だから面白いのだし、だから心配で仕方ないのだ。

プルコギ定食を食べ終わり、先に席を立とうとすると、「あの、写真家のKさんですよね？」と息子に声をかけられた。会話を盗み聞きしていたせいで照れくさくもあったが、「ええ」と短く答えると、「写真集、全部持ってます」と言われた。いつものように礼を言って立ち去ろうとしたのだが、ふと思い直して足を止めた。振り返ると、息子が小声で両親に何やら説明している。迷惑かとも思ったが、「写真を一枚撮らせてもらえませんか？」と俺は訊《き》いた。最初、きょとんとしていた三人も、カメラを向けて数枚撮っているうちに自然な笑みを浮かべてくれた。

ここにもう五年も前の年賀状がある。両親に出そうとして、出せなかった年賀状だ。馬のイラストの下に、五年前の自分の言葉が残っている。
『親父たちの言ってたことが、結局正しかったのかもしれん。写真、諦《あきら》めようと思う。』

軽々しい気持ちで書いた文章じゃない。悩みに悩んだ末に、泣きながら書いた五年前の文字だ。書き終えてほっとしたのを覚えている。ほっとしたのに、どうしても出せなかったことを覚えている。

行きつけの韓国家庭料理店で、偶然撮影させてもらった親子の写真がここにある。見ず知らずの親子の写真だが、ここには大きな夢と愛情が写っている。今年の年賀状として、この写真に「たまには東京にも遊びに来てください」という言葉を添え、両親に送ろうと思う。「相変わらず、訳の分からん写真を撮っとるんやなぁ」と親父たちは呆《あき》れるだろうが、この写真ほど「謹賀新年」という言葉が似合うものはないじゃないかとも思う。

絆

夜、新幹線のシートに座り、車窓を流れていく暗い田園風景を眺めていると、ふとふるさとの我が家で寛《くつろ》いでいるような気になる。窓ガラスには、眠気を誘う照明に照らされた車内の風景が映り、その奥をときどき民家の明かりがぽつんと見える暗い夜が流れていく。

車内の照明がそう思わせるのか。それとも、疲れた乗客たちの体温や寝息が、そんな感傷を呼ぶのだろうか。

今ではもう、弁当の包装紙を破る音も、ビールやジュースの缶を開ける音も、人の話し声も聞こえなくなり、真っすぐに伸びたレールを疾走する車体の振動だけが、心地よくシートから伝わってくる。

隣の席に、大荷物を抱えた若者が乗り込んできたのは、三つほど前の駅だった。礼儀正しい若者で、席に着く前に会釈をし、棚に荷物を上げる時も、一つ上げるごとにいちいちこちらに声をかけてきた。若者は列車が発車するとすぐに弁当を広げ、あっという間に平らげた。三日も食べていないような食べっぷりで、ガラス窓に映るその様子に思わず笑みがこぼれた。

弁当を食べ終わると、ペットボトルのお茶を一気に飲み干し、シートを倒してすぐに眠り始めた。このまま終点まで眠るのかと思っていると、ふと何か思い出したようで、立ち上がって棚に上げた荷物の中から、小型のパソコンとケースに入ったＣＤを取り出す。あまりじろじろ眺めるのも悪いので、素知らぬ顔で車窓の景色に目を転じたのだが、外は民家もまばらな真っ暗な田園風景、目を逸《そ》らそうとしても、窓に映る明るい車内の光景のほうが鮮明に映る。

若者が小型のパソコンにＣＤを入れると、画面に写真が現れた。何の写真かまでは判別できなかったが、家族写真のようにも見える。若者はしばらくその写真を眺めると、指先でタップし、次の写真を開き、またしばらく眺めて次の写真を開く。

ちょうどそのとき、ずっと待っていたワゴン販売がやってきたので、呼び止めて缶ビールを買った。支払いの際、パソコンに映っている写真が見えた。砂浜で写された幼い兄妹《きょうだい》の写真だった。次の瞬間、おつりを渡そうとしたワゴン販売の女性の手元が狂って、十円玉が若者のシートに落ちた。若者はすぐに立ち上がり、シートの凹《へこ》みから十円玉を取り出すと、販売員と私のどちらに渡そうかと迷い、「あ、こっちですよね」と、私に渡してくれた。

ワゴン車が前の車輛《しゃりょう》に移動すると、また安穏とした静けさが車内に戻った。若者が写真を見続けているので、「ご家族の写真?」と、声をかけた。若者は一瞬きょとんとしたが、すぐにパソコンをこちらに向けて、やけに照れ臭そうに、「ええ」と頷《うなず》く。そこには中学に入学したときなのだろう、真新しい制服を着た若者と、着物姿の母親の姿があった。

「ガキのころのアルバムなんか荷物になるから、全部置いてくって言ったんですけど、なんか、おふくろがこれなら荷物にならないからって、無理やり持たされちゃって

「……」

「じゃあ、そのCD、お母さんが作ってくれたんだ？」

「いや、作り方を教えろって言うから教えてやったんですけど、とにかく機械音痴で、結局、僕が自分で作ったようなもんですよ」

若者の物言いに、ふと笑みがこぼれた。息子に難しい操作を教えられ、必死にパソコンに向かう母親の姿が浮かんだ。その横で、面倒くさそうな口ぶりのくせに、写真に写るまだ若い母親に見入っている若者がいる。

次の駅を知らせるアナウンスが流れ、「東京まで？」と私が尋ねると、若者は、「はい」と答えて、画面の写真を指で弾《はじ》き、飽きたようにパソコンを閉じた。

東京の大学や専門学校にでも進学するのだろうか。それとも就職だろうか。ちょっと尋ねてみたい気もしたが、あまり馴《な》れ馴《な》れしくするのも迷惑だろうと思って、やめた。

窓の外へ視線を移し、買ったばかりのビールを飲んだ。パソコンを閉じた若者は、倒したシートに凭《もた》れかかり、腕を組んで、目を閉じた。

「出会いがあれば、別れがある」とよく言われるが、ときどき別れなどないのではないかと思うことがある。もちろん距離や気持ちが離れることはあるかもしれないが、どんなに距離が離れても、どんなに気持ちが離れても、出会ったという事実はなくならない。この事実だけを積み重ねて、人は生きているような気がしてならない。

冷えた缶ビールを持ったまま、指先で窓ガラスに触れてみると、生暖かい春の夜の感触がした。

世田谷迷路

以前から、私は、世田谷《せたがや》という区域が苦手だった。もちろん世田谷にもいろんな場所があって、その場、その場で、違った表情は見せる。ただ、私にとっての世田谷は、一方通行ばかりの細い道が入り組む、出口のない迷路というイメージしかなかった。

それが何の因果か、一年ほど前、マンションを購入しようか、それとももうしばらく賃貸を続けようかと、妻と真剣に相談した結果、もう少し人生を愉《たの》しもうと賃貸を続けることになり、たまたま見つかった好条件の物件が、その世田谷のド真ん中だった。

「ねぇ、私、この物件、いいと思うんだけど」

妻に住宅情報誌を差し出されたとき、私は反対もせず、「ベランダ、広そうだなぁ」

と答えただけだった。

「でも、あなたの苦手な世田谷なのよね。ずっと目黒区《めぐろ》で探してはいたんだけど……」

妻が申し訳なさそうに言う。

「いいよ。最初から言っているように、この件は全部お前に任せてんだから」と、私はその肩を叩《たた》いた。妻も口で言うほど心配しているわけでもないようで、私がそう答えると、早速不動産屋に内見の予約を入れていた。

あれからすでに一年、妻が選んだ世田谷のマンションは、私たち夫婦の将来を祝福してくれるように住み心地がいい。

このマンションの目の前の駐車場に空きが出たのが三ヶ月ほど前だった。以前から車が欲しかったこともあって、私は迷わずその空き駐車場を借りた。購入する車は、日産の『ティーダ』と決めていた。先に駐車場を決めていたこともあって、さて、何を買おうかと思案するとき、「あの日当たりの良い駐車場に、どんな車を停めれば似合うだろうか？」と、そんな風に考えた。駐車場は大きな公園と隣接している。公園の緑をバックに、広々とした駐車場が広がっていた。ここにすっと入ってくる車、ここからすっと街へ出て行く車には、いったいどんな車種がいいだろうか、と。

ディーラーから「ティーダ」が届けられた日、私は早速、妻を乗せてドライブに出かけた。こちらの仕事の都合で、届けてもらったのが夕方の遅い時間だったので、遠出は無理だったが、世田谷区にあるいくつかの大きな公園をぐるっと回ってみることにした。

「この辺も、次々に新しいマンションが建ってるよねぇ」

「俺らも、そろそろ考えてもいいかもな」

「そうね。私が四十になったら考えない？　あとたったの一年だけど」

横から受ける夕日のせいか、年の話をしているにもかかわらず、妻の表情がとても生き生きとして見えた。

普段、妻は車に乗ると、どちらかといえば無口になってしまうほうなのだが、珍しく今日は機嫌がいい。この車に試乗したときにも言っていたように、シートの座り心地がいいらしい。妻はほとんど贅沢《ぜいたく》をしない女なのだが、なぜかしら若いころから椅子にだけは金を惜しまない。おかげでうちのダイニングには、Eames のウッドチェアーが揃っている。

砧《きぬた》公園、芦花《ろか》公園、駒沢《こまざわ》公園を回ったところで、帰宅することになった。駅の反対側においしそうなイタリアンレストランを見つけたと、妻が言うので、いったん帰ってそこへ出かけることにした。

２４６を越えて、最寄り駅に近づいたのは六時ごろだった。ただ、いつも使っている駅からの道は、一方通行で車が乗り入れできない。放置自転車の並んだ駅前を避け、一度も通ったことない道に車を入れた。しかし、それが事の発端だった。

最初はスムーズに一方通行の道を走っていた。しだいに道幅が狭くなるようなところもあるのだが、標識通りに角を曲がると、すっと道幅も広くなり、助手席に座っている妻と同時に、ホッと胸を撫《な》で下ろす。

「この辺、来たことないよな？」

「まっすぐに行くと、小田急《おだきゅう》線の踏み切りに出ると思うんだけど……」

「さっきもそう言ってて、人んちに突き当たったじゃないか？」

頭では、妻に腹を立てても仕方がないと思っているのだが、なんとなく言葉が毒々しくなる。コンパクトな車だから、たとえ行き止まりに入っても、バックで簡単に出せるのだが、それにしてもそれが二回、三回と重なってくると、なんとなく街に馬鹿にされているような気になってくる。

「そこ、右じゃない？」

「行けないよ。標識みろよ」

しばらくそんな会話を続けていた。会話がぎこちなくなるにつれ、道幅が狭くなる。

いったん車を停めて、誰か通行人にでも道を聞こうと諦《あきら》めた瞬間だった。

「ねぇ、こんなところに温泉あるんだ？」と、妻がのんびりした声を出す。

「温泉？」

最初、何を寝ぼけたことを、と思ったのだが、フロントガラスの先に、妻が言う通り、確かに小さな看板があり、「そしがや温泉21は↓」と矢印がついている。

「ほんとだ。こんなところに温泉あるんだ？」

思わず妻と同じようにのんびりとした口調で、そう言っていた。

「ねぇ、迷ったついでに寄ってかない？」

どこか間の抜けた感じで、妻が言う。

「そうだな。温泉にでも浸《つ》かってくか？」

特に断る理由もなく、私もどこか間の抜けた感じでそう答えた。道自体は、世田谷の迷路のような道に変わりがないのだが、さっきのように迷っている道と、温泉へ向かう道ではまったくその景色が違う。

「最近、温泉行ってないね？」と、妻が言った。

「これから行くんだろ」と私が笑うと、「そうだった」と妻も笑う。

温泉は世田谷区の住宅地のド真ん中にあった。繁盛しているようで、駐車場には何台もの車が停まり、狭い砂利道を湯上がりの家族連れが歩いてくる。私たち夫婦と、同年輩の両親が小さな女の子の手を引いている。その女の子を眺めながら、「道に迷ったおかげで、いいもん発見したね」と妻が言った。

東 京 湾 景 2 0 2 X

東京湾に隣接した船積貨物倉庫内にも、容赦なく寒風は吹き込んでくる。風は潮と錆《さび》の臭いがする。

フォークリフトを降りた竜翔《りゅうと》は身震いして防寒着の襟を寄せ、事務所への階段を駆け上がった。今どき石油ストーブが焚《た》かれた事務所はもわっとあたたかく、すでに着替えている男たちのせいで埃臭《ほこりくさ》い。

「明日《あした》、休みだし、どっかで飲んで帰ろうぜ。どうせ、なんも予定ないんだろ」

同僚の石倉《いしくら》に訊《き》かれ、竜翔は、「今日はいいや」とTシャツを脱ぐ。

「なんかあんの？」

「光稀《みつき》が上海《シャンハイ》から戻るんだよ」

「え、そうなの？　いつ？」

「三十分後に羽田《はねだ》着」

　ダウンを羽織ると、竜翔は石倉の肩をポンと叩《たた》き、待ち切れぬとばかりに事務所を飛び出した。携帯で車を呼び、途中、階段ですれ違った所長に、「お前の寝癖、夜までついてんだな」と笑われつつ、倉庫を出たときには入口に愛車が横付けされている。

　到着ゲートからカートを押して誰か出てくるたびに、竜翔は一歩足を踏み出し、また引っ込める。光稀と会うのは二ヵ月ぶりで、もっといえば、付き合い始めてまだ二ヵ月と二週間しか経っていない。

　次にゲートが開いた瞬間、「あ、きた」と竜翔は感じた。実際、ゆっくりと開いたゲートの向こうから、誰よりもきょろきょろしながら光稀が歩いてくる。

「こっち！」と竜翔は手を振った。しかし声が反響したのか、光稀は真逆に首を伸ばす。竜翔は出迎え客を掻《か》き分けてまえへ出た。やっと気づいた光稀が慌てて手を振り返すが、すでに近過ぎてその動きがちょっと大き過ぎる。

「近いよ」と竜翔は笑った。

「見つけたら手を振ろうと準備してて……」

改めて見つめ合い、「おかえり」と竜翔は迎えた。

「ただいま」と光稀も微笑む。

その手からカートを奪い、駐車場へ向かう。

「なんか照れるね。ずっと電話やメールばっかりだったから」

「だね」

竜翔が押すカートに、光稀も片手を添えている。

「今回は東京でゆっくりできそう？」

「たっぷり一週間有給取ってきた」

駐車場から走り出した車はすぐに高速に乗る。気のせいか、おそらくこの二ヵ月間ずっと光稀のことを待ちわびていた助手席までがどこか嬉《うれ》しそうに見える。

「フライト疲れた？」と竜翔は訊いた。

「ぜんぜん」

「じゃ、ちょっとドライブしよっか」

「いいね」

「首都高一周とか」

「時計回りでお願いします」

「なんで？」

「逆だと目が回るでしょ？」

「どっちも同じだよ」

「うそ？　ずっとそう信じてた……」

自動運転を切り、竜翔はハンドルを握った。アクセルを踏み込むと、目の前に美しくライトアップされたレインボーブリッジがぐっと迫る。たくさん話したいことはあったはずなのに、助手席に光稀を乗せ、美しい東京の夜景を眺めているだけでもう何もいらないような気がする。光稀もまた、久しぶりの東京の夜景に見入っている。ふと、この東京湾の夜景をこれまでに何百、何千万の恋人たちが眺めてきたのだろうかと竜翔は思う。

「もうすぐそっちの窓から俺のアパート見えるよ」

「え、もう品川埠頭《しながわふとう》？」

「あっという間だからね、あっという間に過ぎちゃうからね」

「分かった」

「もうすぐ。緑っぽい屋根、……どう？」

「あ、あった！」

「あった？」

「あった……」

そのまま首都高をしばらく走らせたあと、パーキングエリアのカフェに寄った。光稀をカフェのまえで降ろして、充電用パーキングに車を停める。少し遅れてカフェへ入ると、すでに光稀が窓際の席で待っている。竜翔は向かいに座った。すると、立ち上がった光稀が横に移動してくる。

「近いよ」と竜翔は笑った。

「いいのいいの。いつも離れてるんだから」

光稀が肩をぶつけてくる。窓の外には東京湾の夜景が広がっている。

ティファニー　2012

第一話　ニューヨーク

「ほんとに声かけなくていいの？」

意味深な笑みを浮かべる妻に、「いいよ」と苦笑して店を出た。出る瞬間、もう一度だけ売り場の方を振り返ると、ガラスケースの上に置かれた小さな鏡の前で、彼女は輝くネックレスを胸元で押さえ、背後に立つ男に幸せそうな笑みを浮かべていた。

来月で結婚十年目を迎える。その記念に指輪を妻にプレゼントしたくて立ち寄った店だった。さんざん悩んだ末に、妻は「せっかくだから、もっと悩みたい」と言った。

ふと視界の端に懐かしい女性の姿が映ったのはその時だった。

「きれいな人だったね。もしかして、昔の彼女とか？」

銀座《ぎんざ》の大通りを歩き出すと、妻が面白そうに顔を覗《のぞ》き込んでくる。「違うよ」とすぐに否定したが、「ふーん」とまるで信じようとしない。

もう二十年以上も前になる。学生最後の夏にアメリカを一人旅した。すでに就職は決まっていたが、自分にはもっと他にやれることがあるんじゃないかと悶々《もんもん》としていた。彼女と出会ったのは、ロスから車で中西部、フロリダと回ったあと、最後に訪れたニューヨークだった。

最初から貧乏旅行ではあったが、ニューヨークに着いた時にはすっかり財布も軽くなっており、せっかく世界の中心に来たのに、地下鉄の切符を買うのさえ悩まなければならない有様だった。

そんな中、暇つぶしに日がな一日過ごしていたホテル近くの公園で彼女と出会った。なんと声をかけたのか覚えていないが、ベンチの隅にちょこんと座り、日本語で絵はがきに何やら書き込んでいた彼女の文字に、ふと日本が恋しくなったのかもしれない。

彼女はあの街でダンサーを目指していた。たった一人でやってきて、たった一人でスクールに入り、たった一人で生活し、そしてたった一人で大きな夢を見ていた。

初めて会った日、何時間もこの公園で話した。翌日もまた会う約束をして、また何時間もそこで話した。自分が何を喋《しゃべ》っていたのかはもう思い出せないが、話せば話すほど、勇気が湧いた。話せば話すほど、焦った。そして話せば話すほど、これからの自分が好きになれそうな気がした。

一度だけ、彼女に誘われて、当時彼女が通っていたダンス教室に見学に行ったことがある。古いビルで、檻《おり》のようなエレベーターで上った先に、とてもクラシカルなスタジオがあった。高い天窓から日が差し込み、美しい木目の床を浮かび上がらせている。彼女と同じように大きな夢を抱いた生徒たちが、その床に汗を落として練習に励む。いくら眺めていても飽きなかった。ただの練習なのに、思わず立ち上がって拍手したいくらいだった。

あれはそろそろ帰国日が近づいていた頃だと思うが、散歩の途中、ふと彼女が足を止めた。五番街のティファニーの前だった。聞けば、一度入ってみたいけど、気後れして入れないという。「こっちが客なんだよ」と強がって覗き込んでみたが、宝石店の店内というより、店内自体が名画ででもあるような雰囲気に、すぐに心が折れてしまう。

「じゃ、ここで練習しよう」と僕は言った。

呆《あき》れる彼女の前で店員の真似をし、「どのようなものをお探しですか？」と尋ねる。最初は笑っていた彼女だったが、こちらがいろんなものを勧めているうちに、「じゃ、このネックレスを見せていただける？」と乗ってきた。

結局、彼女は10万ドルもする架空のネックレスを僕から買った。ティファニーの店の前にある商品の中では、一番高額なものだった。


「旦那《だんな》さん、やさしそうな人だったよね」

横を歩く妻にふと声をかけられ、遠い記憶から呼び戻される。

「どうして旦那だって分かる？」

「だって結婚指輪してたもん。というか、そうやって一人で楽しそうに思い出に浸ってないで、そろそろ白状しなさいよ」

妻の質問に、一瞬言おうか言うまいかと迷い、「あの人はね、もう二十年以上も前、俺から宝石を買ってくれた人」と答えた。

「買ってくれた？　買ってあげたんじゃなくて？」と妻が首を傾げる。

「そう。……買ってくれた人。まったく自信のなかった俺から」

そう答え、妻に微笑んだ。意味は分からなかっただろうが、「じゃあ、あなたに自信を持たせてくれた人だ。そのお陰で、私は十年目の記念に素敵なものがもらえるんだね」と妻も微笑む。

第二話　ダイヤモンド

私はまだ中学生になったばかりだった。従姉《いとこ》の麻美《あさみ》お姉ちゃんから、「あこちゃん、二人で旅行にでも行こうか」と誘われた時、とうぜん母が反対すると思った。しかし母は二人だけの旅行を許した。麻美はすでに働いていたし、私ももう旅先で興奮して熱を出すような子供ではないだろうからと。

たぶん母は知っていたのだと思う。この時の麻美がとても悲しい思いをしていることを。そして、何も知らない子供の私と旅行することで、少しでもその悲しみを忘れることができればと考えたのだろう。

麻美が連れてってくれたのは軽井沢《かるいざわ》から近い高原で、童話に出てくるような白壁のペンションに二泊した。

せっかくの母の信頼をよそに、私は出発する朝からとにかく興奮していた。大好きな麻美お姉ちゃんと二人きりで旅行することで、自分が大人の女の仲間入りをするようで、たった三日の旅にもかかわらず、大きなトランクにはアレンジ次第では一週間分はあろうかという洋服や帽子や小物を詰め込んでいた。

実際、麻美は私のことを大人の女性として扱ってくれた。ペンションでの夕食時には薄く口紅をつけることも許してくれたし、着る服を決められないでいると、「これを加えるといいんじゃない?」と、とても肌触りのいいスカーフを肩にかけてくれたりもした。

昼間はレンタカーで軽井沢駅近くの美味《おい》しいケーキ屋や、少し背伸びして美術館巡りをしていたが、中でも一番多くの時間を過ごしたのは、ペンションから近い美しい高原だった。何をするでもなく、二人で高原を歩いた。季節は秋で、すすきを揺らす風は少し冷たかったが、燦々《さんさん》と降り注ぐ日差しが厚手のストールのように体を温めてくれた。

居心地のよい場所を見つけると並んで座り、遠くの山々を眺め、たまにごろんと寝転がる。私は中学校で新しく出来た友達の話をし、制服があまり可愛くないことを愚痴り、部活を続けるかどうかを相談したりなんかした。麻美は愉《たの》しそうに私の話を聞いてくれた。それが嬉《うれ》しくて一人で喋り続けていた私が、やっと喋り疲れて一息ついた時だったと思う。麻美が唐突に太陽に手をかざし、「見て」と薬指の指輪に触れた。

「ダイヤモンド?」と私は訊《き》いた。

「そう。大好きな人からもらったの」

とても小さなダイヤモンドだったが、ほっそりとした麻美の白い指にはとても似合っていた。私は当時、男の子にフラれたばかりだった。小学校の頃からずっと好きだったのに言い出せず、中学に入ってすぐに彼は他の女の子と付き合っていた。

私は、「ふーん」と興味なさそうに答え、麻美の指から目を逸《そ》らした。目の前は美しい高原だった。日を浴びたすすきが揺れ、トンボが飛び交い、緩やかな斜面には薊が咲き乱れている。斜面を駆け上がってくる風まで美しいと思えた。

「麻美お姉ちゃんには悪いけど、私、男の人に宝石なんかをもらって喜ぶような女の人にはなりたくない」

気がつけば、そんなひどいことを言っていた。

「じゃあ、どんなものをもらって喜ぶような人になりたいの？」

それでも麻美の笑顔は優しかった。たぶん私の天《あま》の邪鬼《じゃく》を見破っていた。

「私は別にもらわなくていいもん。欲しいものがあったら自分で働いて買うし」

「でもさ、あこちゃんを大好きだって言ってくれる人が、どうしても何かプレゼントしたいって言ったら？」

麻美の質問に言葉が詰まった。慌てて目を転じると、目の前にはやはり美しい高原が広がっている。

「だったら、私はこういう自然が欲しい。トンボや蘭の花みたいな『自然』をくれる人がいい」

私はそう言った。そして「勝った」と思った。しかし麻美が更に嬉しそうな笑みを浮かべ、「そうかー。あこちゃんも私と一緒なんだね」と喜ぶ。正直、意味が分からなかった。ただ、直感的にもうこの話は続けない方がいいと思った。

昨日、友也《ともや》にプロポーズされた。手渡された青い箱には美しいダイヤモンドの指輪が入っていた。あまりにも突然のことで声を詰まらせている私に、友也は照れくさそうにこう言った。「俺が大好きな『自然』の中でも一番美しいと思うものが、これ」と。その瞬間、麻美お姉ちゃんと行った高原のことを思い出した。あの時、麻美が浮かべた嬉しそうな笑みの意味がやっと分かった。

麻美お姉ちゃんは今、とても幸せに暮らしている。そして私はどういう因果か、当時麻美お姉ちゃんが大好きだった人と同じ登山家を好きになり、たぶんこれからとても幸せになろうとしている。

第三話　キー

「俺、銭湯に行ってくるけど、帰りにコンビニでなんか買ってくる？」

真人《まさと》が洗面所で石鹸《せっけん》やタオルを用意しながら声をかけると、リビングから「は？　なんかって、何？」と明らかに機嫌が悪そうな相方の声がした。

「だからスイーツ的な？」

「こんな時間にそんなもん食うわけないだろ！」

うわっ、悪そうじゃなくて、機嫌悪いわ。真人は心の中でそう呟《つぶや》き、足音を立てないように玄関を出た。

湯冷めしないように厚着してきたつもりだったが、一歩外へ出た途端にスニーカーの中の爪先が痺《しび》れるほど外気は冷たい。冬の星空は東京でもきれいだが、空を見上げると首元が寒くなるので想像だけにしておく。近所にある松乃湯《まつのゆ》は閉店間際のこの時間、ほとんど客がいることはない。湯はかなり熱めだが、広い湯船にひとり浸《つ》かれば、忙しかった一週間の疲れも取れる。

松乃湯手前にコンビニがあり、店先に若者たちがたむろしていた。酔っているらしく、この寒空の中、何が可笑《おか》しいのかバカ笑いをしている。わざと近所に迷惑をかけようとしているような不快な笑い方で、真人は足早に通り過ぎ、通り過ぎた途端、機嫌の悪かった相方のことが不憫《ふびん》になる。

二ヶ月ほど前、台北《タイペイ》で催されたゲイプライドパレードに相方は初めて参加した。仕事の都合で真人は行けなかったのだが、開放的なパレードだったようで、最初は歩道で見学していたのだが、途中知り合いを見つけ、結局彼らと一緒に歩いてきたらしい。帰国後、何度となく興奮気味にその話を聞かせてくれた。

ただ、それで終われば良かったのだが、このパレードに参加した相方の姿を、たまたま台湾に遊びに来ていた同僚が見つけてしまったらしいのだ。なにも、誰もかれもがコンビニの前にたむろして近所迷惑を顧みずにバカ笑いするわけではない。しかし世の中には残念ながらそういう奴もいる。その同僚は、愉しそうに歩く相方の姿を写真に撮り、面白可笑しいコメントをつけて自身のSNSに投稿したのだ。

「ドラァグクイーンならまだしも、フレディ・マーキュリーみたいなマッチョに囲まれて歩いてたらアウトだよ」

真人は慰めるつもりでそう笑ったのだが、さすがに相方には笑い飛ばせる余裕はないようだった。

やはり銭湯に他の客はおらず、真人は思う存分手足を伸ばして湯に浸かった。ときどき高い天井から落ちてくる水滴がタイルを叩《たた》く。

あれはもう十年近くも前、相方と出会ったばかりの頃だったと思うが、真人もまた今回の相方と同じような状況で、とても嫌な目に遭わされたことがあった。あの時、相方は「笑いたい奴には笑わせておけばいいんだよ」と真人を励ましてくれた。「……俺たち、何か笑われるようなことしたか？　してないだろ？　だったら胸張って笑わせとけばいいよ。で、俺たちはそれ以上にもっともっと笑って暮らそう。そうやって俺たちが楽しそうに笑ってれば、きっといつか一緒に笑いたいって思ってくれる人も出てくるよ。そしたら笑おう。一緒に」

たしかそのあと、相方に連れられて銀座のジュエリーショップに行った。「柄じゃないよ」と真人は抵抗したのだが、「まあ、出会った記念ってことでさ」と相方は引かず、「堂々と買ってみようぜ」と半ば無理やり店内に連れ込まれた。

あの時、二人で買った鍵型《かぎがた》のジュエリーは今でも大切にしている。そして、あの時、男女のカップルに交じり、ガラスケースを恐る恐る覗き込んでいた真人たちに声をかけてくれた、美しい髪が印象的な女性スタッフのことも決して忘れない。

「あの、二人で揃えてつけられるようなものを探してるんですけど」と、相方がもじもじと言う。彼女は一瞬驚いて、相方と真人を交互に見つめた。途端に胸の辺りがキュッと痛んだ。しかし次の瞬間、彼女が浮かべてくれた笑顔が真人の何かをとかした。真人たちがこれまでに味わってきた緊張や不安や恥ずかしさ、そんな全てのものをやさしくとかしてくれる笑顔だったのだ。

あれもこれもと商品を出してくれる彼女に、なかなか決められずに申し訳なくなってきた真人が、「なんか、男二人で恥ずかしいですよね」と苦笑すると、「そんなことはございませんよ。悩めば悩むだけ、本当に欲しかったものが見つかるんですから」

と彼女は言ってくれた。恐縮する真人の横から、「ちなみにおねえさんは、悩みに悩んで、本当に欲しかったものがもう見つかったんですか？」と相方が尋ねる。パートナーはいるのかという相方なりの冗談だったのだが、彼女はとても清々《すがすが》しい顔で、「はい」と頷《うなず》いた。

「見つかった？　何が？」と思わず真人は尋ねた。

「プライド、でしょうか」と彼女は答えた。「……お客様がたのようなお幸せな方々の前に、立たせて頂いているというプライド」だと、彼女は胸を張ってくれた。

第四話　エンゲージメント

　空模様が怪しくなってきたのは、美紀《みき》が銀座の街を歩き始めたころだった。日曜の午後、誰もがコートの襟を立て、十二月の寒風に身を竦《すく》めているが、通りに並ぶショーウィンドウの飾りつけはクリスマス一色で、眺めているだけで心だけはぽっと暖かくなってくる。クリスマス時期の賑《にぎ》わいに誘われるように、美紀はその後一時間も銀座の街を歩いていた。とつぜん冷たい雨が降り出したのはその時で、美紀は慌てて駆け出したのだが、雨脚は更に強くなり、冷たい雨が首筋を叩く。駅は遠く、ビニール傘が買えそうなコンビニも見当たらない。

目の前にジュエリーショップがあった。入口の庇《ひさし》の下に紺色のダッフルコートを着た青年がすでに雨宿りしており、何やらメモを見つめてぶつぶつ言っている。美紀は一瞬迷ったが、とりあえずこの庇の下に駆け込んだ。青年が「おっ」と驚き、「すいません」と美紀が詫《わ》びると、「あ、いえいえ」と青年の方も恐縮する。

美紀はハンカチで濡《ぬ》れた髪や肩を拭《ふ》いた。隣で青年はまた手にしたメモに視線を戻す。岩手の母から電話がかかってきたのはその時で、濡れた手で携帯を取り出すと、

「美紀？　お正月戻れるんでしょ？」と母の声がする。

「うん、二十九日に帰るつもり」と、美紀は横の青年を気遣って小声で答えた。

「あのね、雅広《まさひろ》さんのお母さんから電話あって、時間あったら家に寄ってほしいって」という母の言葉に、「うん、そのつもりだったから」と美紀は答える。

雨脚が少し弱まったようだった。その途端、ほんの少しだけ寒さも和らぐ。

雅広をとつぜん失って、一年九ヶ月という時が流れた。もう十分に泣いた。もう十分に悲しんだ。でも、もう十分なはずなのに、歩いているとふと足が止まり、涙があふれることがある。雅広がいないこの一年九ヶ月の間に、二人で過ごした六年という月日よりも長い時間を一緒に過ごしているような気がする。雅広のことだけ考えてい

ればがく、朝は夜になり、夜は朝になる。でもそんな生活など雅広が喜んでくれるわけもなく、半年前、勇気を出してここ東京にやってきた。慣れぬ土地での慣れぬ仕事に日々追われているうちに、いつかきっと、雅広を失ったことを受け入れられる日が来るのではないかと期待している。そう、いつかきっと、精一杯愛し合ったのだと、やり残したことなどないのだと、思える日がくることを信じている。ただ、そう信じてはいても、どうしても諦《あきら》めきれないこともある。あの日、雅広から会いたいと言われていた。「大事な話があるんだ」と。それが何の話だったのか。もう、聞くことはできない。

注文していた品を受け取って店を出ると、冬の雨が降っていた。「なんか、幸先《さいさき》悪いな」と誠司《せいじ》は心で呟き、雨空を見上げた。ダッフルコートのポケットには、受け取ったばかりの青い小箱が入っている。誠司はポケットの中で小箱を摑《つか》み、もう片方からメモを取り出した。もう十分に考えた。もう十分に悩んだ。でも、もう十分なはずなのに、いよいよ今夜、理恵《りえ》にプロポーズするのかと思うと、用意した言葉ではまだ言い足りていないようで不安になる。

プロポーズの言葉を書いたメモを出し、誠司はぶつぶつと小声で読み始めた。雨脚は更に強くなり、誰もが慌てて通りを駆け出している。

「ちょっとだけ真面目に話を聞いてくれないか。実は今夜、理恵に話したいことがあるんだ。最近なぜか、理恵がいない世界のことをときどき考えるんだ。うまく言えないんだけど、そんなことを考えれば考えるほど、自分がどれくらい理恵のことが好きなのか分かってくる。逆に、自分がいない世界のことも考えることもある。その世界に俺はいないんだけど、理恵はちゃんといるんだ。理恵だけがいるって言ってもいい。だから俺は俺がいなくても、ちゃんとその世界のことを好きになれるんだ。俺は生まれて初めて、自分よりも大切な人に出会った。まさか自分よりも大切な人がいるなんて思いもしなかったから、最初は少し驚いたけど、それがどんなに幸福なことか、理恵と一緒にいると分かってきた。だから今夜、ちゃんと約束したい。世の中には果たされない約束だっていっぱいあるけど、これからする約束だけは、たとえ俺が死んだって守る。それだけは信じてほしい。俺は、理恵を幸せにする。俺と結婚してほしい」

読み終わった直後に、雨を逃れて女の人が庇の下に駆け込んできた。誠司が思わず、「おっ」と声を漏らすと、「すいません」と律儀に頭を下げてくれる。誠司はまたメモに視線を戻した。女性の携帯が鳴ったのはその時で、何やら小声で話し始める。感じのいい女性だった。話し方やその声に、品の良い優しさがある。誠司はふと、この女性に意見を聞いてみようかと思う。偶然、同じ場所で雨宿りしただけの間柄だが、こういうものはその程度の人の方が的確なアドバイスをくれるかもしれないし、恥をかいたところで二度と会うこともない。

彼女の電話が終わった。ふと見上げると、なんと雨が雪に変わっている。幸先が良さそうな気がした。

誠司は勇気を出して、「あの、すいません」と声をかけた。

第五話　ブルー

「お義母《かあ》さん、なんだって？」

寝室に戻った妻に、慎一《しんいち》は声をかけた。妻は風呂《ふろ》上がりで、その頬が火照って赤くなっている。

「うん、喜んでた」

「お義父《とう》さんは？」

「テレビ電話ができるように携帯の機種変えるって。毎日かけるから、毎日孫の顔を見せろだって」

妻の両親が電話の向こうで喜ぶ姿が目に浮かぶ。

「二人とも、喜んでたかー」

慎一は改めて嬉しくなり、そう呟いた。

鏡台の椅子に座り、乳液を塗り始めた妻が、「ねえ」と鏡越しに問いかけてくる。

「ん？」と慎一は答え、上半身を起こした。しかし、そのまま妻は何も言わない。「なんだよ」と慎一が呆れて尋ねると、「ううん、なんでもない」と首を振る。

「気になるなー」

「いや、あのさ、誰かが喜んでくれるのって、いいなーと思って」

慎一は妻の背中を見つめた。そこにいるのがもう妻だけではないような気がする。

「ねえ。『喜び』って言葉から、どんな風景をイメージする？」

唐突な妻の質問に、「え？　なんだよ、急に」と慎一は苦笑した。一瞬、電話の向こうで飛び跳ねている義父母の姿が浮かんでくるが、なんとなくこの話を茶化すのがもったいなくなり言うのはやめた。

「喜び、かぁ」

慎一はそう呟きながら目を閉じてみた。閉じた途端、ふいにある景色が浮かんでくる。船から眺めているのか、それとも自分が沖合に浮かんでいるのか、とにかく遠くに東京に似た大都市が見え、波に揺られて、その街並みがゆったりと揺れている。いくつかの高層ビルの窓にはもう明かりがついている。おそらく時刻は夜の一歩手前、空は昼と夜のちょうど中間で、見たこともない美しい青空が広がっている。

「俺は海にいるんだ。で、陸地を見てる。見えるのは大きな街で、なんとも珍しい青色をした空が広がってて」

イメージは浮かぶのだが、それをうまく妻に伝えられない。妻も想像していたようで、閉じていた目を開け、「あなた、海にいるの? 私、今、空にいた」と笑い出す。

「空?」と慎一は訊いた。

「うん、私は空に浮かんでて、雲に乗ってんのかなー。季節はちょうど今くらいで、真下にはやっぱり東京みたいな大都会が見えるの」

もちろん詳細は分からないが、まるで同じ景色を違う場所から眺めていたような気がして慎一は驚き、「空で、何やってんの?」と思わず尋ねた。

「雪。私がね、雪を降らしてる」と妻が答える。

「雪?」と慎一は訊いた。

「そう。雪。きれいだよ」

また妻が目を閉じたので、慎一も真似して閉じてみた。

「ねぇ、そっちから大きな通りが見える？」

妻に問われ、慎一は目の前に広がる景色をじっと見つめた。グーグルアースのやり過ぎかもしれないが、そう言われれば、グングンと視点が陸地に近づき、建ち並んだビルを分け入って大通りが見えてくる。

「見えるよ」と慎一は笑った。

「何が見える？」

「なんだろ、恋人同士かな、なんかジュエリーショップの前でお店屋さんごっこしてる」

「ジュエリーショップ？　……あ、あった、あった。私のところからはね、入口で雨宿り？　違うな、雪宿りしてる、こっちもカップルかなぁ」

「そっちから、その店の中、入れる？」

「うん、入れる」

「何が見える？」

「えっとね、男の子が二人でなんか買ってる」

「男二人で？」

「あ、その横にまた違う男の子がいて、こっちは登山家だね、きっと」

「なんで分かるの？」

「だって見るからにそういう格好してるもん」

　この辺りで、互いにバカバカしくなって笑い出してしまう。鏡の中の妻に、「何やってんだろうな、俺ら」と微笑むと、「ほんとだね」と妻も苦笑する。

「何の話してたんだっけ？」と慎一は尋ねた。

「だから、『喜び』って言葉から……」

「じゃなくて、その前」

「ああ、お母さんたちが喜んでくれたって話」

「ああ、そうだ」

　妻がまた乳液を塗り始める。慎一はなんとなくまた目を閉じた。さっきの景色がやはり蘇《よみがえ》ってくる。不思議な青色をした世界に、妻が降らせたという雪が降っている。この世界が青い小箱なら、きっと雪はその小箱を包む白いリボンだ。もしも今、二人のイメージに現れた人たちが『喜び』の象徴であるならば、この白いリボンがかけられた小箱には、とても小さい、でもたくさんの、それが詰まっているのかもしれない。

そして、自分たちの姿もまた、この通りで、このジュエリーショップで、いつかきっと誰かが見つけてくれるんじゃないかと思う。

「ＮＩＧＨＴ　ＣＯＬＯＲ」シリーズ

Apr. 08［fri.］23 : 45

苦手な同僚がいる。酒が入ると他人の批判ばかりする奴で、「俺はほんとは言いたくなかったんだよ。でもあいつはさ……」と始まり、言いたくなかったわりに細かいことを長々と話す。正直、聞いていて気持ちのいいものではないので、普段は飲みに誘われてもつい断ってしまう。

それが今夜、残業を終えて駅へ向かっていると、隅田川《すみだがわ》沿いの緑道で満開の桜を見上げているそいつの姿を見かけた。一瞬、通り過ぎようかとも思ったのだが、じっと桜を見上げているそいつの姿がいつもと違って見え、「おい、そこで何してんだよ」と声をかけていた。

「別に」と、そいつは笑った。「……この季節になると、毎年この桜をこうやって見上げげんのが、なんか習慣になってってさ」と。

しばらく一緒に桜を見上げ、その場で別れて駅に向かった。なんとなくそのまま帰宅するのが惜しくなり、前に一度だけ入ったことのあるバーに寄り、三十分ほど前に帰宅した。


洗濯機を回し、シャワーを浴びた。そして今、乾燥中の心地よい音を聞きながらトーマス・シュトゥルートの写真集を眺めている。

屋久島《やくしま》、バイエルン、アマゾン、雲南省《うんなん》などの密林風景を集めた写真集で、じっと見つめていると、まるで天国を眺めているような気になってくる。そう言えば、洗濯ものを乾燥している間に、この手の風景写真を眺める習慣がついたのはいつ頃からだったろうか——。

さっきあいつと一緒に見上げた桜は、何の変哲もない普通の桜だった。同期入社してからすでに十数年、あいつはあの桜を見上げてきたという。きっと奴は奴なりに、毎年満開の桜を見上げながら、いろんな事に、本当にいろんな事に、折り合いをつけてきたのだろうと、ふと思う。

満開の桜の下での別れ際、気がつくと、「たまにはその辺で一杯やってかないか？」と誘っていた。奴は少し驚いたような顔をして、「そうだな、でも、今日はいいや」と断った。

「そうか。じゃ、また今度な」と答えて別れた。

なぜかとても気分が良かった。

May 01［sun.］19：58

このマンションに引っ越したのを機に新しい冷蔵庫を買った。学生時代から使っていたものより二回りほど大きく、ドアも一つ増えた。

冷凍庫からラザニアを取り出し、オーブンレンジに入れる。茄子《なす》とドライトマトのラザニアで、最近近所に出来たイタリア食材店で買ってきた。加熱している間に、昨日の晩から冷やしておいたピュリニー・モンラッシェをサンルイのグラスに注ぎながら、「これでいいのか俺？　今ゴールデンウィークの真っただ中だぞ」と、情けなくてつい口走りそうになるが、どうせ今年は仕事もあったし、とすぐに自分を慰める。

何かつまみになりそうなものはないかと冷蔵庫を覗《のぞ》き込んだ時、ふと以前付き合っていた女の子に、「冷蔵庫のスペースが半分ほしい」と言われたことを思い出した。

洗面所の棚を化粧品用に空けてくれとか、着替え用にタンスの引き出しを一段ほしい、などと言われたことはそれまでにもあったが、冷蔵庫のスペースを求められたのは初めてだった。

「いいけど、縦に割る？　それとも横？」と僕は冗談半分に訊《き》いた。

彼女はすごく真剣な目で冷蔵庫の中を見つめ、「じゃ、横で。この真ん中の棚がいい」と言った。

「冷凍庫は？」

「冷凍庫はいいの。これまで通り、あなたが自由に使って」

自分の冷蔵庫だったが、そう言われると、なんだかとても贅沢《ぜいたく》なプレゼントをもらった気がしたのを覚えている。

その日から彼女は遊びに来るたびにいろんな食材を買ってきた。ほとんどが甘いものだったが、ある時など安売りしてたからと言って、たらこを一箱買ってきたこともある。彼女につられて、僕も冷凍食品を買って自由を満喫した。彼女とどんな理由で別れたのかははっきりと覚えていない。ただ、その頃には、自由だった場所が冷凍食品で一杯になっていたというだけだ。

オーブンレンジが出来上がりを知らせて、ラザニアを取り出した。立ったまま、すぐに食べ始める。

目の前には、あの頃より二回り大きくなった冷蔵庫がある。

Jun. 02 [thu.] 19 : 58

「今、駅ついた。何か買ってくものある？　商店街のポイントがあと二つで完成なの！」

綾《あや》からのメールに、「残念。買い忘れナシ」と短い返信をして、冷蔵庫から食材を取り出した。メインのラム肉はすでにハーブとマリネソースに漬け込んであるので、あとは綾が来てからオーブンレンジで調理すればいい。

久しぶりにお互いの仕事が早く終わることが分かったので、当初、今夜は表参道に新しくオープンしたフレンチレストランで食事をする予定だった。それが昨日になって綾から電話があり、「ねぇ、明日《あした》なんだけど、もっとぐたーっと過ごしたいんですけどー」と言う。相変わらず仕事は忙しいらしく、せっかく早く帰れる日くらいは、恋人である僕が引くくらい、ぐたーっと過ごしたいらしい。同じように仕事をしている身として気持ちは分かる。結果、うちのオーブンレンジをフル活用し、美味《おい》しい料理とぐたーっな夜を過ごすことに相成った。電話を切ったあと、こういう提案をしてくる綾を自分はこの一年半ずっと好きなんだなーと思う。

化粧品メーカーの広報部で働いている綾とは仕事で知り合った。何度かみんなで食事をしているうちに、気がつけば綾のことばかり見ているようになっていた。さっきの「今日はぐたーっとしたい」という提案もそうだが、綾はときどき妙なことを言う。たとえば、「私、冷静に結婚したくないんだよね。できれば勢いでしたいのよ」などと言う。その場にいた誰もが、「普通、逆じゃないの?」と笑っていたが、なぜか彼女の言わんとしていることが理解できた。

「たとえば、このまま新橋の居酒屋からラスベガスに飛んで結婚しちゃうみたいな?」と僕が言うと、「あー!」と綾は大袈裟《おおげさ》に驚いてみせたあと、「ちょっとベタだけど、それも可!」と喜んでいた。

チャイムが鳴ったのでドアを開けた。なぜかニヤニヤした綾が立っている。

「何？」と問えば、「ねぇ、今日はぐたーっとするんだよね？」と微笑み、いきなり大型量販店の袋を突き出してくる。

「何、これ？」

「お揃いのスウェット上下。ちなみに大きめサイズ。ちなみに六百八十円」

呆《あき》れながらも袋から取り出すと、どちらのトレーナーにも明らかに可愛くない熊のイラストがついている。

たぶんタイミングとしては違うと思うが、もしかすると勢いというのはこういう時につくのかもしれないとふと思う。

Jul. 03 [sun.] 20：05

シャワーを浴びてから眠ったはずなのに、潮の香りで目が覚めた。いつの間にか日は沈み、ベランダの向こうには藍色《あいいろ》の空が広がっている。

今日は功也《こうや》に誘われて、三年ぶりに湘南《しょうなん》に出かけた。誘われた時には面倒だと思っていたが、実際にボードを借りて海に入ると、自分というよりも、自分の身体が素直に喜んでいた。大学時代にはサーフィンよりナンパが目的だった功也も、今では結婚して三歳の女の子の父親になっている。今朝、迎えに来た車はいわゆるファミリーカーで、後部座席には象が飛んだり、少女戦士が出てきたりするアニメのＤＶＤが詰まったボックスが置かれていた。

久しぶりに会ったので晩飯ぐらい一緒に食うだろうと思っていたのだが、「サーフィンだけでも機嫌悪いのに、その上日曜の晩飯に戻らなかったら、更に小遣い減らされるよ」と笑っていた。

帰りの車内で、「お前、結婚しないの？」からの流れで、功也が結婚を決意した時の話になった。聞けば、最後の一押しをしたのは炊飯器だったらしい。

「まぁ、一人暮らしだったから普通に一人分の米炊くよな。で、面倒だから炊いた分は全部茶碗《ちゃわん》によそってテレビの前のテーブルに持ってく。いつもやってることだったんだけど、それがある日とつぜん、台所から茶碗と箸《はし》を運んでる時、なんていうのかなぁ、ほんとにとつぜん、その自分の姿がむなしくなっちゃってたんだよ。……あの炊飯器ってのは、ある意味、小悪魔だね。フライパンや鍋《なべ》にはない力を持ってるよ。男の何かを刺激する力。なーんてね、ハハハ」

ベッドを出ると、腹が鳴った。潮の香りで目が覚めたなどと格好つけていたが、もしかすると夢の中で塩むすびでも食べていたのかもしれない。考えてみれば、海でうどんを食っただけで、他に何も口にしていない。

窓を開けると、日が落ちて少し気温が下がったのか、夏の心地よい風が吹いている。台所に向かい、炊飯器を眺める。うちの小悪魔が何かを刺激するとすれば、きっと男の食欲だな、と思う。

たしか、同僚から出張みやげでもらった韓国海苔《のり》があったはずだ。めんたいこもまだ残っている。たまにはおにぎりでも作ってみよう。でかいの二つだ。海で遊んだあとのおにぎりは何より美味《うま》い。そうだ、今夜は炊きたてのごはんで作ったおにぎりを気持ちのいいベランダで食おう。

Aug. 10 [wed.] 21 : 20

今日、三十五歳になった。

正確に言えば、なっていた。仕事帰りに久しぶりに寄ったスポーツクラブのロッカー室で、綾からのお祝いメールをもらうまですっかり忘れていた。今日は仕事で行けないが、週末に何か手の込んだ料理で祝ってくれるという。

普段より少し多めのトレーニングをして、普段より少し長めにサウナに入って汗を流した。水風呂《みずぶろ》で一回、シャワーを浴びながら一回、「そうか。今日で三十五歳か」と呟《つぶや》いていた。自分ではため息混じりのつもりだったのだが、体を動かしたあとだったせいか、それとも最近仕事がうまくいっているせいか、口からこぼれた声はどこか力が漲《みなぎ》っていた。気分がいいのだと他人事《ひとごと》のように気づく。

帰宅すると、せっかくの誕生日なのだから有意義な夜を過ごそうと思った。何かやりたかったことはないか？　読みたくて読めていなかった本？　観たくてまだ観ていなかった映画？　いろいろと考えてみたが、素直に今一番何をやりたいかと自問すると、「洗濯して、掃除して……」という言葉が浮かんでくる。有意義な夜＝家事、というのも味気ないが、実際、気分がいいし、リフレッシュできるのだから仕方ない。最近、「夜カジ」という言葉があるらしいが、その語感からも楽しさが伝わってくるので気に入っている。

結局、掃除機をかけ、洗濯機を回し、またもや気持ちよく汗を流した。シャワーを浴び、キンキンに冷やしたビールと、ざるに山盛りにした茹《ゆ》で立ての枝豆を持ってベランダに出る。

冷えたビールに、絶妙な塩加減の枝豆。ベランダからの夜景も美しく、我ながら、いい誕生日だと思う。あとは毎年誕生日恒例の五つの確認事項だけだ。

①　たまには空を見上げているか？

②　五カ国語以上の言葉で「ありがとう」と言えるか？
③　映画『ダイ・ハード』を観て、まだ泣けるか？
④　好きな女はいるか？
⑤　来年の誕生日が楽しみか？
指折り数えて、五つの質問に答えていく。幸い今年も全ての質問に気持ち良く◯がつく。

Sep. 10［sat.］21：30

掃除機をかけている時に決まって口ずさむ歌がある。

軽快なリズムが合うらしく、いつの頃からか気がつけば口ずさんでいる。ただ、その曲名が分からない。なんとなく夏っぽくて、なんとなくジャズっぽい曲なのだが、これまで誰に聞いても知らないし、鼻歌で曲名を検索するアプリで調べても、音程が外れているのか「該当なし」としか出なかった。となると気にはなるが、他に調べようもない。

ソファの下にも掃除機のノズルを突っ込み、丹念にリビングの掃除を終えた。時計を見れば、そろそろ甥《おい》の周馬《しゅうま》がやってくる時間だった。ここ三週間ほど連日の残業と休日出勤で、せっかく泊まりに来る周馬に申し訳ないくらい部屋が散らかっていたのだが、これでなんとか体面は保てる。現在高校二年生の周馬は、銀行勤めの兄貴の転勤で中学校から福岡で暮らしている。福岡での生活は楽しそうだが、東京の洒落《しゃれ》たマンションで気ままに暮らしているように見える叔父《おじ》を羨《うらや》ましく思っているようでもある。

今回、周馬が一人で東京へ出てきたのは、今夜のエリック・クラプトンのコンサートのためだった。バイトで小遣いを貯め、旅費とチケット代は用意したのだが、残念ながらホテル代までは出なかったらしい。

あれは今年の正月に実家で会った時だったが、兄貴と喧嘩《けんか》したらしく、「親父と話しても面白くもなんともないんだよ。良い大学入って、名の知れた会社に就職するのが真っ当な人生だって真顔で言うからね」と愚痴をこぼしていた。

掃除機をクローゼットにしまいながら、その時の腹立たしげな周馬の顔がふと蘇《よみがえ》る。

「そうは言うけど、お前の親父、若い頃はカッコ良かったんだぞ」と思う。

兄貴は、大学の頃そこそこ名の知れたバンドでベースを弾いていて、実家にファンの女の子が訪ねてきたこともあった。六歳も年が離れていたせいか、ずっと兄貴の真似ばかりしてきた。兄貴がバスケットをやれば、自分もバスケットを始め、兄貴がバイト代を貯めて中古車を買えば、自分も車の雑誌を集めるようになったし、何より兄貴が聴いていた音楽で自分は育ったのだ。

そこまで考えて、掃除機をかけながら口ずさむ曲も、もしかすると兄貴なら知っているかもしれないと思う。兄貴がよく聴いていたジャズの名盤に入っていたような気がしてくる。

そうだ、周馬にこの曲を覚えて帰らせよう。周馬が完璧《かんぺき》に口ずさめるようになるまで、今夜は何度でも歌ってやる。

Oct. 13［thu.］23：05

早めに寝てしまおうとベッドに入った。

さっき食べたピザの匂いがまだ残っているのか、電灯を消した部屋の中で空気清浄機の音が微《かす》かに聞こえる。

仕事をしていれば嫌な目にも遭う。自分が遭うのであれば我慢の仕方も知っているが、自分には直接関係のない、たとえば今夜のように接待先の相手が、その部下を叱っている、というよりも部下の能力を馬鹿にしているような場面などを目の当たりにすると、仲裁に入るわけにもいかず、かといって席を立つわけにもいかず、終わるまでじっと耐えるしかない。その上、今夜は明らかに理不尽な理由からの叱責《しっせき》だった。部下を育てるというより、目の前にいる僕らに、自分の力を誇示するためのゲームのようなものだ。

おそらく相手はこちらにも一緒になって彼の部下を非難させようとしたのだと思う。そしておそらくこの子供じみたゲームに参加さえすれば、念願の契約が結べたのだ。

こういう場面に遭遇すると、祖母の言葉を思い出す。

父方の祖母は九十三歳まで、紀州《きしゅう》の山奥に一人で暮らしていた。子供の頃は夏休みになると、毎年遊びに行っていた。祖母の家の裏から森に入り、けもの道を抜けた所に、名前もついていない小さな滝があった。小さいわりに流れ落ちてくる水量は多く、日が当たっている時にはこの滝壺《たきつぼ》に飛び込んで遊んでいた。

森の中、滝までの道を歩くと、子供ながらにまるで自分が生まれ変わったような気がした。兄と喧嘩して泣きながら歩いたこともある。父や母に叱られて悔しい思いをしながら歩いたことも。しかしこの森の中を滝まで歩くと、気持ちがすっと晴れ、帰り道にはさっきよりも少し強くなったような、少し賢くなったような、少し優しくなったような気がしたものだった。

あの頃の森の匂いがこんなにも鮮明に思い出されるのは、今使っている加湿機能付きの空気清浄機のお陰かもしれない。この適度な潤いのある空気が、滝の涼やかさや、あの頃、胸一杯に吸い込んだ空気を思い出させるのだ。

あれは確か地元の子供たちにからかわれたあとだったと思う。いつものようにこの滝へ一人で気分転換に出かけた。その噂を聞いていた祖母は家で心配していたらしい。しかし滝のお陰でけろっとして戻った僕を見るなり、「人を馬鹿にする人を馬鹿にするような人間になりなさい。あなたならきっとなれるから」と笑みを浮かべてくれた。あの時には意味が分からなかったが、大人になった今でもたまにこの言葉が思い出される。

Nov. 14 [mon.] 25：30

風呂上がりに何気なくつけたテレビで、二十代の終わりに観た懐かしい恋愛映画が始まった。

すでに十一時半を回っていたし、明日は午前中から紛糾すると思われる会議の予定もあり、しばらく眺めたら消そうと思いながら、結局、今、その悲しいラストシーンが始まろうとしている。七、八年前に公開された映画で、さほどヒットしたわけでもない。

当時、好きな人がいた。完全な片思いだったのだが、片思いというのは完全であればあるほど、全てが反転して見えたとき、完璧な恋愛に見えることがある。簡単に言えば「少し嫌い」が反転しても「少し好き」だが、「大嫌い」が反転すれば「大好き」になるのだ。

片思いの相手は、とてもきちんとした人だった。たとえば食事に誘うメールを出せば、断りのメールなのにクスッと笑えるような日常のエピソードを書き添えてくれる。相手にしてみれば、返信など必要としない言いっ放しのメールなのだが、恋する者としてはその文面を深読みし、糸口を見つけてこちらにグッとたぐり寄せたくなる。よってすぐには返信できず、一晩も考え込んだ末に、翌日の返信メールは受け取ったメールからはかなり飛躍した内容になってしまう。こちらとしてはAからB、BからC、そしてDと考えての内容なのだが、送られた相手にしてみればいきなりDが届けられることになる。

嚙《か》み合わないメールを何度か交換しながら、当時の僕は一つのルールを作った。送られてきたメールを読んだら七十五秒で返信するというルールだった。

七十五秒という数字に深い意味はない。六十秒ではどうしても文字を打つのが間に合わず、十五秒の猶予を自分に与えただけだ。

しかし七十五秒では相手の気持ちを深読みすることも、自分の気持ちで相手に負担をかけるヒマもない。本当にあっという間に七十五秒は過ぎる。この作戦の甲斐《かい》あって彼女とは一度だけ食事をすることができた。

結局その後、彼女とはうまくいかなかったが、このとき七十五秒での返信が癖になったお陰で、何事に対してもつい考え過ぎてしまう自分も、携帯メールというツールを少しは使いこなせるようになった気がする。

そう言えば、最近、電気ケトルを買ったのだが、このケトルだとたいてい七十五秒もあればお湯が沸く。七十五秒がどれくらいあっという間かは知っている。

Dec. 24 [sat.] 20：05

日が暮れて、街のクリスマスイルミネーションはいっそう輝き出していた。

銀座で取引先との打ち合わせが終わったのは七時過ぎだった。「クリスマスイブの土曜日だっていうのに、遅くまですいませんでしたね」などとねぎらいを受けながら取引先を出て、地下鉄の駅へ向かった。大通りのショーウィンドウはクリスマスカラーで飾られ、トナカイとサンタクロースのマネキン前では観光客が列を作って記念撮影していた。

ひと月ほど前までは、クリスマスイブは家で何か美味いものでも作るよ、と綾を誘っていたのだが、今月になって急遽《きゆうきよ》、彼女のニューヨーク出張が決まってしまった。となれば、予定のない身としては、寒風から早く逃れて家へ戻り、熱い風呂にでも入りたくなる。足早に地下鉄への階段を下りていくと、切符売り場の前で切符を買えずに困っているらしい初老の夫婦がいた。中国からの観光客らしく、言葉は分からないが路線図を見上げたかと思うと、今度は券売機のボタンを指差しながら何やら言い合っている。

なんとなく横目で気にしながらも素通りし、そのまま改札を抜けた。数分後やってきた電車に乗り込むと、最後に乗車してきた二人組の若者が、「お前、ああいうの、よく声かけるよな」「明らかに困ってんだから、声くらいかけるだろ」「面倒じゃねえ？」「自分の親もどっか行けば、ああやってあたふたしてんだろうし」と話していた。会話はそこで終わったが、なんとなく券売機の前にいた夫婦のことのような気がした。

都会で暮らしていると、その流れに乗れずにいる人をたまに見かける。だがこの若者が言う通り、自分の親だと思えば腹も立たないのかもしれない。

電車を降りた駅からの帰り道、寒風に身を震わせながらもなぜか気分が良かった。

暗い夜道に白いマフラーが落ちていた。いつもは素通りするのだが、自然と足が止まって拾い上げた。ちょうど電柱があったのでマフラーを巻きつけてみる。わりと似合っている。

自宅へ戻ると、ニューヨークの綾からメールが来た。「メリークリスマス！」とだけ書かれたメールに雪景色のニューヨークの写真がついていた。その写真を眺めながらベランダへ出る。目の前にあるいつもの東京の夜景が雪に覆われていく様子を想像してみる。

Jan. 15 [sun.] 21 : 55

最近、夕食後にこうやってのんびりとエスプレッソを飲む時間がとても大切に思える。何も考えない時間というか、何を考えてもいいこんな時間が、とても贅沢なものに思える。こんな時の思考というのは不思議なもので、ちょうどテレビをザッピングでもしているように脈絡なく次々と話題が変わっていく。たとえばこんな風に。

美味しいエスプレッソを飲めない国では暮らせない、とインタビューで答えていたのは誰だっただろうか？　アメリカの若い女優だったか？　いや、小津《おづ》安二郎《やすじろう》の作品にも出演していたような日本のベテラン女優だったか。とにかくそのインタビューを読んだ時には、ちょっとカッコつけすぎじゃないかなと思ったが、もしかするとその人も、何も考えない時間というか、何を考えてもいいこんな時間を失いたくなかったのかもしれない。そもそもエスプレッソを初めて飲んだのはいつだっただろう。高校生までは珈琲《コーヒー》よりも珈琲牛乳だったし、大学の頃だって友達と喫茶店に入ってもコーラやオレンジジュースを頼んでいたような気がする。ということは働き始めてからだろうか。きっと誰かに連れてってもらったイタリア料理店で試しに飲んでみたのだろう。そういえば最近、その珈琲牛乳ばかりを飲んでいた高校生の頃をふと思い出す。何か思い出深いエピソードというよりも、たとえば学校からの帰り道や、夜、自宅の部屋で過ごしていた、なんてことのない時間のことが頭をよぎる。そして当時の自分が何を考えてそんな時間を過ごしていたのだろうかと思うのだ。学校から一人で帰ることもあれば、友人たちと帰宅することもあった。友人たちと帰る時は別だが、特に一人の時、十七歳の自分が何を考えて歩いていたか？　次の試験のことでも考えていたのだろうか。それとも次の小遣いで買うＣＤのことでも考えていたのだろうか。夜は夜で何をしていたのだろう。当時はなんとなく日々忙しかったような気もするが、今となれば何を急《せ》くという生活でもなかったはずだ。十七歳の頃の夜というのは、いったいどんなものだったのだろうか。今と同じような長さだったのだろうか。今のようにパソコンや携帯を開くでもなく、かといって自室になかったからテレビも見ていなかった。たくさん音楽は聴いた。ベッドに寝転がり、いろんな曲を聴きながら、たしかにいろんなことを考えていた。実家へ戻れば、あの当時に聴いていたCDがまだ残っているはずだ。当時好きだった曲を今でも好きになれるだろうか。当時はたしかブリティッシュロックにハマっていた。たとえば、そう……。

Feb. 19 [sun.] 21 : 40

「これ、けっこう入るんだね」

皿を食器洗い乾燥機に入れながら綾が感心するので、「悪いね、お任せしちゃって」と温泉特集の雑誌を捲《めく》りながら詫《わ》びた。

「いえいえ、美味しいポトフ作ってもらったんだから、せめてこれぐらいは……、というか、これを押すだけなんだけどね」

申し訳なさそうにスタートボタンを押した綾がソファに戻り、雑誌を覗き込んでくる。

「温泉特集？」

「そう。行きたいなぁって」

「一緒に乳頭《にゆうとう》温泉行ったの、去年の今ごろじゃなかったっけ？」

「あ、そうだ。バレンタインデーが乳頭温泉だ」

「奮発して離れの部屋予約したら、着いたの夜で、懐中電灯持たされて山の中にぽつんとある建物に案内されて、あれ、恐かったよね」

「でも、お湯は最高だった。あー、ほんとに温泉行きたくなってきた」

「だってしばらく休み取れないんでしょ？」

「いや、だから急激に行きたいわけさ」

呆れたように笑った綾が雑誌を奪い取る。開いたページには雪景色の中、濃い湯気を立てる青森の温泉が載っている。回り始めた食洗機のリズミカルな音がする。

「しょうがない。じゃあ、今日のポトフのお礼に私が温泉にでも連れてってやるか」

「だから、しばらく休めないって」

「いいのいいの。休まなくて。というか、その食器が洗い終わる間に行けるから」

「温泉？」

「うーん、そこは目をつぶってもらって……、温泉気分ってことで」

その夜、綾が連れてってくれたのは駅向こうにある銭湯だった。とても古い銭湯で、浴場の壁には雪をかぶった松林と富士山《ふじさん》が描かれていた。ここ最近、いつもシャワーだけで済ませていたので、熱い湯の中に手足を伸ばして浸《つ》かっていると、本当に温泉にでも来たような気分になれた。

もうわざわざ温泉なんて行かなくてもいいな、と思った。そして、ふとあることにも気づいた。

一年前、一緒に温泉に行きたいほど好きだった綾を、今はもう、一緒に温泉なんかに行かなくてもいいくらい好きなんだな、と。

Mar. 25［sun.］07：50

タクシーを降りた時に聞こえた猫の鳴き声がしばらく耳から離れなかった。

仕事の打ち上げで遅くなり、帰宅したのは深夜二時過ぎだった。マンション前でタクシーを降りると、敷地を囲む植え込みから子猫の鳴き声がした。どこにいるのかと探してみたが、酔っていたせいもあるし、途中で鳴き止んだせいもあって、わりと早めに諦《あきら》めて部屋へ向かった。

部屋に戻ると、洗濯機を回した。スタートボタンさえ押しておけば、明日の朝には乾燥も終わり、柔らかく仕上がっている。中に入っていたネルシャツは、明日、綾と約束している日光《にっこう》へのドライブに着ていける。

洗濯機を回したまま寝支度をして、ベッドに入った。翌朝、綾が八時には迎えに来ると言っていたので、早く寝たほうがいいのは分かっていたが、なぜかベッドに入ると目が冴《さ》えてしまい、本棚から古い文庫本を引っ張り出して読み始めた。指先で適当に選んだ文庫本はアポリネールの詩集だった。パラパラと捲り始めてみると、所々におそらく高校の頃に引いた蛍光ペンの線が残っている。酔っていたせいもあって、その中の一つを読み上げてみた。

僕は思い出す　いつか描いた自分の夢を　ふたりで静かな田舎に住んで　愛の林檎《りんご》の木を囲み　月のない晩さながらの　平和な日日が持てたらと　時間つぶしに僕たちは　猫をやたらに愛撫《あいぶ》する
今朝、携帯のアラームはセットしていたつもりだったが、目を覚ましたのは少し早めに到着した綾が鳴らすチャイムの音だった。

寝ぼけ眼でベッドを這《は》い出し、窓からの朝日に顔を歪《ゆが》めながら玄関へ向かった。ドアを開けると、なぜか綾がこちらに背を向けて立っている。

「何？」と僕は驚いた。

「おはよ。ねえ、このマンションってペット可？」

綾が顔だけをこちらに向ける。

「うん。申請すれば」

そう答えた途端に、振り向いた綾が満面の笑みを浮かべる。その懐にまだとても小さな子猫を抱いている。

「この子、このマンションの入口にいたの」

「ちょ、ちょっと待ってて」

僕は慌てて洗濯機から洗い立てのバスタオルを取り出してきた。そして綾の手から子猫を受け取り、まだ仄《ほの》かに温かいタオルに包んだ。包んだ瞬間、子猫が気持ち良さそうに、ほっとしたように、「にゃーお」と鳴く。

「今日、ドライブ中止だね」と、綾が子猫を覗き込んでくる。子猫の小さな目が好奇心旺盛《おうせい》にきょろきょろと動いている。「飼うの？」と僕は訊いた。「飼おうよ」と綾が微笑む。その時ふと昨日読んだアポリネールの詩が蘇る。

いつか描いた自分の夢を　ふたりで静かな田舎に住んで　／　平和な日日が持てたらと　時間つぶしに僕たちは　猫をやたらに愛撫する

0．8

離婚した直後、自分がどうやって日曜日を過ごしていたのか分からなくなった。まさか毎日、パートナーと四六時中一緒だったわけもないのだろうが、少し寝坊して寝室から出たあと、洗濯機が回っていないことで初めて、ああ、そうか、いないんだと気づいた。散々話し合い、お互いにとても前向きに出した結論だったので、寂《さみ》しさはない。ただ、その寂しくないということが少しだけ寂しかった。

特にやることも思いつかず、休日の午前にやっている高校サッカーやマラソンのテレビ中継も見終えてしまうと、ふらりと多摩川《たまがわ》の河川敷を歩くようになっていた。晴れた日にこんな広々としたところを散歩できたら気分が清々するだろうね、とお互いの会社への通勤経路は少し不便になるが、あえて引っ越してきた街だったが、いざ住み始めてみると、河原までたかだか数分の距離が、とても遠く、もっといえば、その数分が時間の無駄にしか思えなかった。

もちろん二人で何度も歩いた。ただ、お互いにスマホをいじり、どちらかが、

「新しくできたカフェ、寄ってみる？」

と誘えば、

「混んでるよ」

と会話は終わった。

決して一緒にいたくないわけではなかった。どちらかといえば一緒にいたいと思っているからこそ、どちらかの機嫌が悪くなる前に帰ったほうがいいなとお互いが感じていたような気がする。

一人で河川敷を歩くようになったある日、なんとなく土手からの急な芝生をおりて、子供たちの元気な声が響く野球場を越え、水草の茂る水際まで行ってみた。最寄り駅からも離れた場所で、ここまでおりてくる人も少ないのか、草叢《くさむら》にはゴミが散乱していて、土手の上から眺めていた印象とは少し様子が違った。そういえば、新婚旅行で行ったスイスで、羊たちが草を食《は》む美しい草原に立ち寄ったのだが、ロープウェイか

ら見下ろした時の印象とは違って、足元にはあちこちに羊たちのフンが散乱しており、

「まあ、そうなるよね」

と、半ば現実に呆《あき》れて、半ばそんな発見が新鮮で二人で声を上げて笑った。

「これから『アルプスの少女』を見る目が変わるね」

どっちが言ったのか忘れたが、このセリフだけは未《いま》だに覚えている。

ゴミの散乱した水際から土手へ戻ろうとすると、草叢できらりと何かが光った。しゃがんでみると、手のひらに載りそうな小さな仏像がごろんと倒れていた。いわゆる坐《ざ》禅《ぜん》を組んだ仏像で、金色に輝いているわけでもないが、そう汚れてもいない。本格的なものというよりは、寺町のみやげもの屋に並んでいるような佇《たたず》まいだった。

手に取って、土塊《つちくれ》を払った。やはりみやげものなのか、台座の裏に0.8と彫られている。おそらく同型でサイズの違う仏像が売られており、これは通常よりも少しだけ小型ということらしい。

しばらく眺めたあと、平たい岩の上に立て、その日は帰った。落としものとも、捨てられたものとも判断はつかなかったが、できれば落としものだったらいいなと思う。

この仏像のことが急に気になり始めたのは、それから数日後のことだった。珍しく

仕事を早めに切り上げて帰宅し、いつもよりかなり早くベッドに入ったのだが、寝ようとすると、月明かりの下、平たい岩に置かれたあの仏像の姿が、なぜかありありと目に浮かんで消えなくなってしまった。

自分でもバカらしいとは思いながらも、気がつけば、ベッドを出ていた。いやいやコンビニに行くだけだと心の中で言い訳しつつも、結局、夏の夜の河原に懐中電灯を片手に立っていた。

幸い、場所ははっきりと覚えていた。懐中電灯で足元を照らしながら進んでいくと、水音が近くなってくる。見慣れた多摩川のはずだが、夜の多摩川は野生の匂いがした。

青いライトが平たい岩に載ったままの仏像を見つけ出した瞬間、「いた！」と思わず声を上げた。自分の声が暗い河原に吸い込まれていく。

自分でもここまで何をしに来たのか分からなかった。まだあるのか確かめに来ただけのような気もするし、持ち帰ろうと思っていたような気もする。

ただ、しゃがんで、再び仏像を手にした途端、持ち帰りたいという思いが強くなる。だが、今度は誰のものとも分からないものを持ち帰ってバチが当たらないだろうかとも思う。

しばらく考えて、天に任せることにした。見上げた星空が見事だった。

ポケットから百円玉を出し、指で弾《はじ》いて手の甲に載せる。表なら、持って帰る許しを天がくれたとする。逆に裏なら、また元に戻して帰る。

結果、手の甲にあったのは、表の出たコインだった。改めて仏像を手に取ると、なんだかすでに愛着がある。子猫でも運ぶように、両手で包んで持ち帰った。

丁寧に洗い、乾かすつもりでリビングのテーブルに置いた。改めてみれば、なんとも穏やかな表情をした仏様である。

見様見真似で、小さな仏像の前で坐禅を組んでみた。いつもならまだ残業している時間だった。せっかくならと、YouTubeで坐禅の仕方を探し、丹田という臍《へそ》の下を意識した呼吸法を真似る。

しばらく続けていると、解説の通り、呼吸以外のことを考えなくなっており、

「なかなかセンスあるんじゃないか」

と自画自賛している自分がおかしかった。

元パートナーの親友と、帰宅途中の地下鉄で偶然に会ったのは、それからしばらくしたころだった。

「元気にしてる？」

元パートナーの近況を尋ねた僕に、彼女はこんな話をしてくれた。

ずっと1.2倍速くらいで生きてきたような気がするんだって。そのスピード感こそが幸せだと思っていたけど、ちょっと考え方を変えることにしたんだって。「0.8倍速くらいのペースで生きてみようと思う。そしたらきっと、もっといろんな景色がはっきりと見えてくるんじゃないかなと思う」と。

予感。

グラスの割れる音が好きだ。

実際に割れたときの音ではない。

あるグラスを手にしたときに、予感する音。

もしもこのグラスが割れたなら、どんな音を立てるだろうかと、耳を澄ませば聞こえてくる音。


先日、東京に雪が積もった。

珍しく早起きをして、まだ誰の足跡もついていない雪道を歩くことにした。ただ、期待に胸を膨らませて外へ出たのだが、雪道にはすでにいくつかの足跡がついていた。

駅のほうへ向かう足跡。駅のほうから来ている足跡。新聞配達員のものだろうか、自転車を押して進んだらしい足跡が、それぞれの玄関に寄りながら近づいている。

雪のせいか、早朝の街はシンとしていた。すべての音が、雪に奪われてしまったようだった。

一歩踏みしめるたびに、靴底でギュッと雪が鳴った。

雪が鳴って足跡ができ、真っ白だった雪道に、自分の歩いた模様ができた。

誰かがつけた足跡と自分がつけた足跡が交差して、奇麗な文様を描いている。そこに透明な朝日が当たって陰影ができ、朝の雪道は、ため息が出るほど美しい。

なんの変哲もない世田谷の「こんな道」が、これほど美しいということは、「こんな道」で構成されている東京も、きっと今朝は美しいのだろうと思った。

雪で覆われた東京の街。

いろんな人の足跡で、美しい模様に彩られた東京の街。

雪道を歩きながら、ふと、もしも東京が割れたら、どんな音がするのだろうかと考えていた。どんなに美しい音を立てるだろうか、と。

ただ、いくら耳を澄ましてみても、音は聞こえてこなかった。

聞こえてくるのは、この東京のどこかを歩いている誰かの足音。そっと触れるように雪道を歩く、自分に似た誰かの足音だった。


美しいグラスと雪は、どこか似ている。

どちらもそっと触れてみたくなる。

雪道を歩くと、いろんな言葉が浮かんでくるし、美しいグラスを握れば、いろんな思いが浮かんでくる。

雪はときどき人恋しい気持ちにさせる。

美しいグラスは、ふと誰かを思い出させる。

あの人に似たグラスがある。

あいつに似たグラスがある。

そして、自分に似たグラスもある。

日 常 前 夜

今から三年前、夏の匂いがする土曜日の午後だった。

春物のジャケットを脱いだ私は、都心へ向かう電車をホームのベンチで待っていた。急行の到着まで、まだ十五分ほどあった。ついこの間まで、向かいのホームへ張り出して、咲き誇っていた桜の枝に蒼《あお》い芽が出始めていた。

当時、付き合っていた彼とのイタリア旅行から戻って、すでに二週間が経っていた。自分から連絡しようかとも思ったが、心のどこかで、もう何かが終わってしまったのだという思いが強かった。彼のほうからも連絡はなかった。結婚すると思っていた人と、結婚しないかもしれない。ただ、それだけのことなのに、これから先の人生の風景が、すとんと視界から消えてしまっている自分に驚いていた。

元々、せっかちな人だったが、旅先という非日常で、それがますます気になった。イタリアという場所も悪かったのかもしれない。タクシーに乗れば、料金をふっかけられる。ホテルに着けば、予約が入っていない。もちろん、私たちの旅行運が悪かっただけなのかもしれないが、観光地特有の、どこか流れ作業的な扱いが、私たちの関係にまで影響を及ぼしていた。

彼は旅行を楽しもうとする人だった。もちろん、それはそれでいいのだが、旅行というのは、楽しもうとするから楽しくなるのではなくて、楽しいから自然に楽しくなってくるのではないかと思う。言葉にすれば小さな違いだが、実は致命的な違いだったのかもしれない。

急行の到着を待ちながら、読みかけの文庫本を広げていると、横に春物のトレンチコートを着た男性が腰を下ろした。ふと足元に目を向けると、右足の靴紐《くつひも》がほどけていた。それも結び目が弛《ゆる》むという感じではなく、ここまでどうやって歩いてきたのだろうかと不思議になるくらい、潔いほどだらりとほどけているのだ。いったん、視線を本に戻したが、あまりに気になって声をかけた。

「あの、それ……」と、足元を指差すと、彼は慌てて身を屈《かが》めて紐を結び、「あ、すいません。……俺、これで、どうやって歩いてきたんだろ？」と顔を赤らめた。

話はそこで終わった。私はまた本に視線を戻し、まだ来ない電車を待った。

電車の到着を知らせるアナウンスが流れたとき、階段を年配の夫婦が下りてきて、私たちの前に立った。何を話すというわけでもないのに、その立ち姿から長年連れ添ってきた幸福な時間が伝わってくるようなカップルだった。

「今日、ワインでも買って帰ろうか？」

とつぜん、そう呟《つぶや》いたのは男性のほうだった。妻のほうを見もせず、向かいのホームの桜を見ている。妻も同じ桜を見ていた。そして、「ワイン？　今日、何かのお祝いでしたっけ？」と笑った。

本を閉じて、私がベンチを立ち上がったのと、横の彼が立ち上がったタイミングが重なった。まるで号令をかけられて、同時に立ったようだったので、思わず顔を見合わせて苦笑した。

○

今から三年前、初夏の日差しが眩《まぶ》しい日曜日の午後だった。

約三ヶ月ぶりに丸一日の休みが取れたのに、日ごろの疲れからか、生来の出不精からか、早目の昼食を近所のラーメン屋からの出前で済ますと、とつぜん休日を持て余し始めた。

今の事務所に入ってまだ三年も経たないころで、朝は七時に事務所へ向かい、夜はほとんど終電で帰る毎日、早く仕事を覚えたくもあり、とにかくがむしゃらに働いていた。ただ、働けば働くほど、仕事というものは忙しくなる。そして、忙しくなればなるほど、仕事に追われれば追われるほど、疲労感にとてもよく似た充実感を味わっていた。

出前で取ったワンタン麺《めん》の丼を洗って、開け放った窓から初夏の日を浴びた街を眺めていると、ふと昨日のことが思い出された。

午後から事務所へ向かおうと、駅で急行を待っていたときだった。ベンチの横に座っていた女性が、靴紐がほどけていると教えてくれた。慌てて結び直して、礼は言ったが、会話はそこで終わってしまった。もう少し何か話したかったが、言葉が何も浮かんでこなかった。たしか、急行が到着するというアナウンスが流れたころ、たまたまベンチの前に立っていた老夫婦の会話が聞こえた。

「ワインでも買って帰ろうか?」と旦那《だんな》が言い、「ワイン? 今日、何かのお祝いでしたっけ?」と、その奥さんが答えたのだ。

なんてことのない会話だった。ただ、短い会話が会社に着いて、殺気立った会議に出席していても、なぜか耳から離れなかった。

窓の外を眺めながら、そんなことを思い出したからかもしれない。ふと、近所にある公園へ散歩にでも出かけてみようかと思った。

すぐに服を着替え、財布だけを持って家を出た。たった一年ぶりのことなのに、初夏の日差しがとても懐かしかった。

公園へ向かう途中、酒屋に寄って白ワインを買った。味気ない気もしたが、公園で飲もうと紙コップも買った。不思議なもので、白ワインというのは明るい日差しが似合う。日本酒、焼酎《しょうちゅう》、バーボン、シングルモルト、そして赤ワイン、どんな酒と比べてみても、白ワインには太陽の下が似合う。こんな酒は他にないのではないだろうか。

公園に着いて、大きな椰子《やし》の樹の下に座り込み、遠くでキャッチボールをしている父子を眺めながらワインを開けた。休日を、休日らしく過ごしている自分が、どこか照れ臭くもあったが、芝生を渡ってくる風は、忘れていた何かを思い出させてくれた。

見覚えのある女性が遊歩道を近づいてくるのが見えたのはそのときだった。向こうもこちらに気づいたらしく、目を合わせていいのか、逸《そ》らせばいいのか、分からないような素振りを見せる。近づいてきた彼女に、思い切って声をかけた。

「あの、昨日、駅で、靴紐……」

彼女も覚えていたらしく、小さく頷《うなず》く。

さすがに、彼女の手にワインはなかったが、昨日、ホームで耳にした老夫婦の会話を、なぜか彼女も覚えているような気がして仕方なかった。

銀座瀑布

ホータン川は中央アジアのタクラマカン砂漠に、夏のわずかな間だけ突如として姿を現す大河である。

乾ききった灼熱《しゃくねつ》の砂漠をいっときだけオアシスに変え、人々に潤いと生きる力を与える。

タクラマカン砂漠の南、崑崙《クンルン》山脈から流れ出た雪解け水が、このホータン川を作り出す。出現した川はゆっくりと砂漠を北へと縦断し、長い旅路の果て、タリム川と合流する。

銀座瀑布《ばくふ》は東京の数寄屋橋《すきやばし》に、わずかな間だけ突如として姿を現す滝である。

アスファルトとオフィスビルと世界各国から集まってくる人々で賑《にぎ》わう街をいっときだけ深い森に変え、清冽《せいれつ》な水しぶきを上げ心地よい水音を響かせる。数寄屋橋の南、東京の光という光を集めたような断崖《だんがい》絶壁に、この銀座瀑布は現れる。流れ落ちる水はガラスのように輝き、地下通路が張り巡らされた銀座の底へと染み渡っていく。

以前、この幻のホータン川の出現場面を、小説のラストシーンに使ったことがある。見渡す限りの砂漠であった。風が作った広大な砂丘は美しいが、それ以外には何もない。

「タイミングは完璧《かんぺき》だよ」

その時だった。見つめている方角で、何か景色が動いた。日を浴びて眩《まぶ》しい砂漠の上を、キラキラと輝きながら何かが流れてくる。それは砂漠を舐《な》めようとする透明で巨大な舌のようにも見える。

「川だよ。ここに川が出現するんだ」

「川？　この砂漠に？」

水はもの凄《すご》い勢いで砂漠を走ってくる。まるで子供たちが楽しそうに駆けてくるように。

南から北へ五百キロ。夏のたった三ヶ月だけ出現する大河。

水はあっという間に近づいてきた。細かった筋がいつの間にか大きく広がり、砂漠の色を変えていく。

「行くぞ！」

車に乗り込む。

「どこに？」

「この大河と競争だ！」

車はすでに走り出している。濡《ぬ》れた砂をタイヤが巻き上げ、大河の始まりを追いかけていく。

洗練された街であった。美しい街並みを人々が行き交っている。

「タイミングは完璧だよ」

その時だった。数寄屋橋の交差点から見上げた方角で、何か景色が動いた。

建ち並ぶオフィスビルの中、その一つにだけ光が集まってきたようだった。大都会の森の中、そこに美しい滝が出現した。

水はもの凄い勢いで銀座の街に落ちてくる。まるですべての不安や悲しみを流してしまうように。

「行くぞ！」

「どこに？」

「あの滝の向こう側に！」

私たちはすでに交差点を駆け出している。滝壺《たきつぼ》で巻き上がった突風が、私たちの火照った頬を撫《な》でていく。

アンダルシアにこぼれ落ちた時間。

未練という言葉が好きだ。

一般的には、いわゆる演歌のイメージで、ジメジメとした印象かもしれないが、「思い切れずに残る」という状態が、とても泥臭く、人間的に感じられる。

もう少し詳しく説明すると、今、ここにある「未練」よりも、以前、そこにあった「未練」に魅せられるとでも言えばいいのだろうか。

現在進行形の未練ではなく、どこかでぷつりと断ち切られてしまった過去の未練たち。

森山大道《もりやまだいどう》氏の作品を前にすると、過去の未練たちと再会できるような気がする。

以前、そこにあった未練というのは、（たとえば死やシャッターによって）断ち切られた瞬間に、きっと普遍的な歌曲に昇華するのだと思う。氏は、この歌曲の歌い手を世界中で探しまわっているのではないだろうか。

森山大道氏と同じように、歌い手を生涯探しまわった天才が、スペインのアンダルシア地方にも一人いる。フェデリコ・ガルシア・ロルカだ。

ロルカは、「カンテ・ホンド（深い歌）」と呼ばれるアンダルシアの民謡の歌い手（カンタオール）を探して実際に村々を歩き回っており、ある村では歌で語り合う二人の老人たちに出会い、

《その声はじつにか細いのに、ぼくの血は凍りついてしまった。かれらのつぶれた声から、生きたカンテ・ホンドが迸《ほとばし》りでる、やっと聞きとれるくらいの声で。地面を叩《たた》いているかれらの右足が、カンテ・ホンドの神秘のひとつである。時間《とき》を越えた時間《とき》を強調していた》と書き綴《つづ》っている。

街角にポストカードが並んだラックがある。中に一枚、憂えた表情で椅子に腰掛け、

アンダルシアにこぼれ落ちた時間。

こちらを見つめる女性のカードがある。水浴びでもしているのだろうか、スカートを太腿《ふともも》までまくり上げ、もろ肌を脱ぎ……。美しい脛《すね》が水に濡《ぬ》れているのだろうか。

午後の五時。

きっかり午後の五時だった。

少年が白いシーツを持ってきた

穀物倉庫だろうか。五つの塔が空に聳《そび》え立っている。塔を真っ二つに切り裂くように、光と影が寄り添っている。

午後の五時。

傷が太陽のように燃えていた

道ばたに置かれたパンフレットの束。表紙には煙草を持つ若い女性。その目だけが黒く塗りつぶされている。

午後の五時。
すでに遠くから壊疽《えそ》が忍んできていた

建物の壁に、黒い犬の影がある。影だけがあり、犬の姿はない。壁に描かれた落書きなのか。それともさっきまで、ここに犬がいたのだろうか。

午後の五時。
あとは死　死だけだった
午後の五時。
きっかり午後の五時だった。

ロルカが書いた、時間《とき》は時間《とき》を越えるとは、どういうことなのだろうか。時間《とき》を越えた時間《とき》を強調するとは、いったいどういう意味なのだろうか。時間《とき》が時間《とき》を越えた瞬間に、現れるのはどんな感情なのだろうか。こぼれ落ちていく時間《とき》を、掬《すく》いとる術《すべ》はあるのだろうか。アンダルシアでこぼれ落ちるのは、光だろうか、それとも影のほうだろうか。

ブータン紀行

ブータンから帰国して、三日ほどが過ぎたころからだった。すでに旅の疲れは癒《い》えていた。夜、眠ろうとして目を閉じると、ある光景が浮かんでくる。全長五百キロを超える距離を九日間で巡る旅だった。ブータンに鉄道はなく、唯一の国道である一号線を車で巡る。空港のあるパロと首都ティンプーを結ぶ道路以外、お世辞にも整備の行き届いた道とは言いがたい。神聖な山を守るためにトンネルもない。車は断崖《だんがい》に沿って、切り立つ山々を縫って、一路東へ向かう。車窓を遠く流れてゆくのは、五千メートル級の山々の嶺《みね》。谷間を覗《のぞ》き込めば、ヒマラヤから流れ出してきた大河が横たわる。

大きなカーブを曲がると、民族衣装のゴにスニーカーを履いた青年とすれ違う。麓《ふもと》の町へでも向かっているのか、赤いナイキのリュックを背負った青年の足取りは力強い。またしばらく道を進むと、やはり民族衣装の若い女性とすれ違う。背負ったカゴには新鮮な野菜が積んである。道端の木陰で、遊び疲れたのか、じっとしゃがみ込んでいる子供たちがいる。日焼けした顔を真っ白なゴの袖《そで》で何度も拭《ぬぐ》う。よく見れば、赤ん坊を背負っている少年がいる。またしばらく行くと、顔に深い皺《しわ》を刻み込んだ老人とすれ違う。白髭《しらひげ》を蓄え、長い数珠《じゅず》を手にした老人の姿は、背後の美しい山々の前で神々しくさえ見える。馬を曳《ひ》く少女がいる。おかっぱ頭の前髪が汗で額にくっついている。赤い袈裟《けさ》を着た少年僧侶《そうりょ》たちが、まるでサッカーの試合からの帰りのように賑《にぎ》やかに歩いてくる。

帰国後、眠ろうとして目を閉じると、ブータンの人々が浮かんでくる。三千メートルを超える峠の道で、一瞬すれ違っただけの人々の姿が、なぜか鮮明に浮かんでくる。

午前九時半・パロ

ドゥルクエアーの機体は、山の嶺々の間で何度も旋回を繰り返しながら、谷間の滑走路に着陸した。飛行機の窓から見下ろしたパロの町は、アルプスの田舎町のような風情があった。牧草地に建つ白壁の家々や、傾斜地で草を食《は》む牛たちが、高度が下がるたびにはっきりと見えてくる。

機内では隣の席になぜかフライトアテンダントの女性が座っていた。深い緑色の瞳《ひとみ》が魅力的な女性で、「何度も飛行機に乗っているけど、フライトアテンダントの方と隣り合わせたのは、これが初めてです」と話しかけると、「バンコク行きは勤務で、バンコクからの帰りはオフなんですよ」と言っていた。熱心に着陸の様子を見ていたせいか、「世界で一番離着陸が難しいんですよ」と教えてくれたのも彼女だった。

もう何年も前、まだ街中にあった香港《ホンコン》の空港に降り立ったことがある。ビルの谷間と切り立った山の嶺々。様子は違うが、どちらも空と地上との距離がひどく近く感じられる。

パロ空港の滑走路に降り立って一番印象的なのは、その真っ青な空だ。空の先には宇宙が広がっているのだと、そんな当たり前のことを思い出させてくれるような濃く青い空で、そこに浮かぶ真っ白な入道雲が迫ってくるほどに近かった。

午後一時半・ティンプー

空港のあるパロから車で二時間、首都ティンプーに到着するとブータンでの最初の食事を取ることになった。案内されたのは町の中心部にある洒落《しゃれ》た内装のレストランだった。

モモと呼ばれるヤクの肉を使った小籠包《ショーロンポー》。エマ・ダツィは赤唐辛子を丸ごとチーズで絡めたもの。基本的にカレー粉を使用していないカレー各種とでも言えばいいだろうか。ブータン料理はどれも容赦なく辛く、食卓に置かれた赤米が、唯一この辛さを緩和してくれるが、ぼそぼそした食感は、お世辞にも旨《うま》いとは言えない。

食事を終えて店の外へ出てみると、ガイドさんが誰かと携帯で話をしている。ちなみにブータンという国は、個人旅行であっても必ずガイドさんと運転手さんが付き、全旅程を案内してくれる。

店の軒先から表通りが見渡せた。首都の中心部とはいえ、さほど高い建物もなく、古い飾り窓の奥に菓子やジュースを並べた雑貨屋がぽつんぽつんと並んでいる。思ったよりも車の数は多く、ちょうどレストランの前が駐車場で、ゴを着た駐車係の青年が車の出入りがあるたびに料金を徴収して回る。

「料理はどうでした?」

電話を終えたガイドさんに声をかけられ、「辛いです……」と素直に答えた。ガイドさんの話によれば、ブータンには日本料理店はもちろん、中華料理店さえないという。これまでいろんな国を訪れてきたが、中華料理店というのは、アジアは元より、ヨーロッパのどんな小さな町に行っても必ず一軒くらいはあるもので、長旅の最中、何度も助けられた覚えがある。それが、ここブータンにはないという。

とつぜんの雷雨が襲ったのは、そんな話をしているときだった。地面を叩《たた》きつけるような雨に、濡《ぬ》れた土の匂いが立つ。駐車場係の青年が雨宿りに駆け込んでくる。濡れたゴから、彼の生活の匂いがする。

午後七時・ティンプー

ティンプーのメインストリートを夜風に吹かれながら歩いた。日が落ちたティンプーの町は、通りに並ぶ商店の薄暗い照明だけが足元を照らす。店先から伸びる淡い照明に、日に灼《や》けたブータンの人たちの顔がきらきらと光って見える。子供たちが暗い路地を駆けてゆく。道端で握手をしたまま、懐かしそうに語り合っている若者たちがいる。平凡な夜のはずなのに、どこか祭日めいて見えるのは、彼らが身につけたゴやキラのためだろうか。東京に暮らしていると、夜が暗いということを忘れてしまうと同時に、僕らは夜を楽しむということも忘れてしまっているのではないだろうか。

この夜、ブータンでの（ある意味）唯一の娯楽である映画を観ることにした。ある意味と記したのは、娯楽の意味が僕らとここブータンの人たちではかなり違っているように思えるからだ。上映時間まで少し間があったので、ガイドさんと劇場入口の階段に腰かけて時間を潰《つぶ》した。

「もし宝くじで百万ドル当たったら、何、買いますか？」

退屈しのぎにそんな質問をした。ブータンという国が、ＧＮＰ（国民総生産）ではなくＧＮＨ（国民総幸福）という目標を掲げ、国王自ら清貧生活をおくり、「近代化はするが、西洋化はしない」と宣言していることは知っていた。もちろん知ってはいたが、心のどこかで、そうは言っても同じ現代社会に暮らす者同士、少し無理をしているのではないかと疑っているのも確かだった。

退屈しのぎの質問に、しばらく悩んでいたガイドさんがやっと口を開く。

「半分は寺に寄付します。地元の寺を修復したいんで。あとの半分はどうしよう……」

思わず、「え？」と訊《き》き返した。ガイドさんが同じことを繰り返す。どう見ても本心でそう言っているようにしか見えないし、日本からの観光客が、自分の答えのどこに首を捻《ひね》っているのかも分からないような顔をする。

上映時間になって劇場へ入った。上映された映画は家族愛をコミカルに描いた作品で、登場人物たちの一挙手一投足に観客たちは大きな笑い声を上げていた。映画が終わって劇場を出ようとすると、ガイドさんに呼び止められた。

「さっきの質問ですけど、あとの半分は、来世のためにやっぱり寺に寄付します」

すっきりしたような顔で、彼は言った。

午前七時・ポブジカ

首都ティンプーから車で約六時間、ブータンの中央に位置するポブジカの谷は、オグロヅルの飛来地で、「電気のある暮らしをとるか、ツルをとるか」という問題に、住民たちは躊躇《ちゅうちょ》なくツルをとったという話が有名な場所だ。

ここポブジカではアマンコラに宿泊した。総ガラス張りのダイニングからは、荘厳な谷が一望できる。放牧地である谷の姿に「荘厳」という言葉を使うのは間違っているのかもしれないが、ここポブジカの谷での放牧はもちろん、谷に点在する民家の佇《たたず》まいや人々の生活を、この言葉以外で表現することができない。絶景を前に言葉を失うとよく言うが、「言葉」と「自然」との戦いでは必ず「自然」のほうが勝利するのではないだろうか。そしてここブータンの人々は、その「自然」のほうを信じている。

谷のホテルに一泊した早朝、朝霧に誘われるように外へ出てみた。朝日が谷の樹々を染め、一望する谷に一切の音はない。遠い空を雲が流れる。伝わってくるはずもないのに、今、自分が立っている地球がたしかに自転しているのが分かる。世界各地で競うように高層ビルが建てられている。しかし、ここポブジカから見れば、足元での競争でしかない。ふとそんなことを思う。見上げる暮らしと見下ろす暮らし。人にやさしくなれるのはどちらだろうか。理想ではなく、現実的な問題として。

ブータンではどこに行っても国王の写真が飾られていた。空港や銀行などの公共施設はもちろん、町のレストランや機織りを生業《なりわい》にする民家の壁にもあれば、人々はゴやキラの胸元に彼の写真入りのバッジをつけてもいた。

ティンプーで国王が暮らす王宮を遠くから見学した。まったく飾り気のない、もっと言えば、一般的な民家とさほど違わぬ程度の王宮だった。

語弊があるかもしれないが、ブータン国王はブータン国民にとても似ている。国王の表情には愛される者が持つ優雅さと高貴さが漂っている。そして彼を愛するブータン国民の誰もが、そんな国王にとても似ている。

ブータンから帰国し、またいつもの生活が始まったころだった。深夜一時過ぎ、執筆を中断して夜食を食べに出かけた。東京でも住宅地の夜は閑散としており、ほとんど人通りもない。深夜営業をしているラーメン店へ向かういつもの坂道を上がっていくと、街灯に照らされた坂上に、一人の青年がぽつんと立っていた。誰か人でも待っているのか、どこへ向かうわけでもなく、星も見えない夜空を見上げている。近寄っていくと、青年の足元には数匹の野良猫がいた。青年は素知らぬ顔をしていた。更に近づくと、警戒していた野良猫たちが一斉に逃げ出した。青年とすれ違い、少し離れてから振り返ると、しゃがみ込んだ青年が持参したビニール袋から、やはり野良猫たちに餌を取り出している。餌を与えることを、きっと誰かに注意されたことがあったのだろう。

パロ、ティンプー、ブムタン、プナカ。ブータンで訪れたどの町にも、多くの野良犬がいた。車や人が通るのも気にせず、ひなたですやすやと眠っている犬もいれば、散歩でもしているかのように気ままに町中を歩き回っている犬もいた。人懐っこいわけでもない。かと言って、人間や車を恐れるわけでもない。人々の間を駆け回り、眠くなれば辺り構わずしゃがんで眠り込む。

子供の頃、私の故郷にも多くの野良犬たちがいたように思う。昼間、裏山で遊んでいるときに見かけた犬を、夕方、母親と出かけた市場で見かける。野良犬はあくまでも野良犬で、別に可愛くもなければ怖くもない。吠《ほ》える犬には石を投げるふりをする。眠っている犬は放っておく。ただ、それだけのことだった。

今、日本に野良犬はほとんどいない。

午前五時・ブムタン

早朝、雨音で目が覚めた。強い雨ではなさそうだったが、雨粒に樹々の葉が揺れているのは分かった。窓を開けると、空は濃い雲に覆われ、霧雨が視界をぼんやりとさせた。ぼんやりとしていたのは霧雨のせいだけではなく、この前夜に見学させてもらった少年僧たちの儀式が、未だ脳裏に焼きついていたからかもしれない。少年僧たちだけが修行をする古い寺だった。狭く急な階段を上がると、少年僧たちが唱える念仏が聞こえてくる。大きな仏間に入ると、灯《あか》りは蠟燭《ろうそく》の炎だけで、高僧の生まれ変わりである七、八歳の少年僧を中心に、同じ年頃の少年たちが鮮やかな赤い袈裟《けさ》を身に纏《まと》い、一心に念仏を唱えている。少年僧たちの頬は蠟燭の炎に染められていた。低く響くドゥンチェンなどの演奏が薄暗い室内を抜け、真っ暗なブータンの夜に伝わっていく。少年僧たちが唱える念仏は、これまで耳にしたこともない音楽のようだった。鳥肌が立ち、訳もないのに涙が溢《あふ》れそうになる。まだ幼い彼らが何を思って念仏を唱えているのかは分からないが、言葉では言い表せない何かが、確実にそこに存在することだけは伝わってきた。

前夜の幻夢のような光景を思い起こしながら、しばらくの間、霧雨に濡《ぬ》れる朝を眺めていた。この日、クジェ・ラカン（ブータン最古の寺のひとつ）で、年に一度の祭りが行われることになっていた。午前七時ごろには巨大な白亜の寺の壁面に、トンドルと呼ばれる大仏画が開帳されるという。朝食を済ませ、期待に胸を膨らませてクジエ・ラカンに向かった。あいにくの雨で開帳は遅れるという。いったんホテルに戻り、数時間後に再びクジェ・ラカンへ向かった。ガイドさんが、「今日は大切な日ですから、絶対に雨は上がりますよ」と楽観していた通り、雨雲は切れ、巨大な寺を包み込むような大仏画を、淡い朝日が輝かせていた。

午後一時・プナカ

川沿いに建てられた壮麗なプナカ・ゾンの白壁は、強い真昼の日差しを浴びていた。車からゾンへ向かう道に、濃く短い自分の影が映る。プナカは標高千三百五十メートル、ティンプーを始め、ブータンの主要な町と比べると、かなり低い場所にある。そのせいか、生い茂る樹々も日差しも南国のそれを思わせる。

強い日差しの中、長い時間をかけてプナカ・ゾンを案内してもらった。ちなみにゾンとは、寺院と地方行政の中核としての機能を持った施設で、訪れるブータンの人々はみな正装をする。

ゆったりと流れる川にかけられた橋を渡ると、入口である急な階段を上がってゾンの内部へ入る。中庭には菩提樹《ぼだいじゅ》の大木が大きな影を落としている。それぞれの部屋に美しい仏像や仏画が奉られ、その一つ一つをガイドさんが丁寧に紹介してくれた。少し話は逸《そ》れるが、今回ガイドをしてくれたケザンさんという青年は、ブータンに伝わる昔話を車での移動中にたくさん教えてくれた。英語がさほど得意ではないので、どこまで内容を理解できたか疑問だが、「兄川と弟川」の話などは未《いま》だに興味深く記憶に残っている。

このケザンさんが、プナカ・ゾンの仏画を丁寧に紹介してくれた。タントラに基づく宇宙図。人・畜生・餓鬼・地獄・修羅・天の世界を巡る輪廻《りんね》を示す図。釈迦《しゃか》如来やグル・リンポチェの仏像などなど、時間がいくらあっても足りないほど興味深いものが並んでいたのだが、中でもある仏画の前で、「怒り、無知、欲望、これが人間のなかなか抑えられない罪な感情だと言われています」と説明を受けたときには思わずハッとさせられた。

あくまでも自己評価だが、わりと寛容な性格で、普段の生活でもあまり「怒り」を抑えられなかったことがない。もちろん逆に怒りを感じられることは多いのかもしれないが、怒りによって自分を見失うことはない。欲望についても、生来、無頓着《むとんちゃく》というか、当然「欲」はあるのだが、この「欲」に溺《おぼ》れてしまうほど熱い人間でもない。ということで、これまでわりと、そんな自分の性質を気に入っていた。生きていくのに楽だったし、楽観していたのだと思う。しかし、三つの大罪の中にあった「無知」という言葉に、これまでの楽観が吹き飛んだ。この場合の「無知」とは、何かを知ろうとしないこと。何かを知らずとも恥ずかしさを感じないことだという。

仏画の前からしばらく身動きができなかった。ずっと見ようとしなかった自分の一部を目の前に突き出されたような気がした。

午後八時・プナカ

今回の旅ではすべてアマンコラというホテルに宿泊した。ティンプー、ポブジカ、ブムタン、プナカ、パロと、計五ヵ所に泊まったが、個人的にはここプナカのアマンコラが一番気に入っている。まず、車を降りて渓流に架《つ》けられた吊り橋を渡る。吊り橋には色とりどりのルンタ（経文旗）がはためいている。吊り橋を渡ると、カートでホテルまで田園風景の中を移動する。ここプナカのアマンコラは、昔の農家小屋を改装した建物で、美しい装飾はそのままに、現代的なインテリアのコテージが並んでいる。

長旅の疲れも出てきて、この夜はホテルのレストランで食事を取った。久しぶりの「見慣れた」料理がテーブルに並ぶ。ガイドさんや運転手さん、また取材スタッフの方々と囲む食事は毎晩楽しく、ついワインも飲み過ぎてしまう。

食事を終えて、一服しようと外へ出た。夜空には天の川が見え、月明かりに照らされた山々は息を呑《の》むほどに美しい。中庭へ出ると、薄暗闇の中に、三味線のような民族楽器ダムニェンを演奏している若者がいた。そう言えば、食事の間も遠くから聞こえていたが、ずっとレストランの内部でCDがかけられているのだと思い込んでいた。

ダムニェンを抱えた若者は民族衣装のゴを着ており、近寄って挨拶《あいさつ》すると、少し照れ臭そうに会釈してくれた。虫の音しか聞こえない静かな夜の中、どこか物悲しいダムニェンの音色は、ブータンという美しい国を寝かせようとする子守唄《こもりうた》のようだった。

午後三時・パロ

旅の最終日、タクツァンに登った。断崖《だんがい》絶壁に建てられた僧院で、中腹まで馬に揺られて二時間、そこからまた一時間以上、急な階段を上がっていく。僧院では多くの少年僧たちが修行していた。ドゥンチェンというホルンのような宗教楽器を練習する少年僧の、ときどき音程が微妙に外れる演奏を聴きながら、見下ろすパロの町は美しく、山々を吹き抜けてきた風を頰に浴びていると、ブータンという国が持つ豊かさを改めて感じられた。

細い石段の参道から僧院へ向かう途中に、清らかな水が流れる滝があった。旅の始まりに、ティンプーのホテルで道中の無事を祈って首に巻いてもらったお守りを、この滝に流せばまたブータンに戻ってこられるという。

旅の間、ずっと首に巻いていた赤い紐《ひも》を、祈るように滝へ流した。

帰国後、ブータンで出会った人たちの顔をふと思い出すことがある。屈託なく笑う若い運転手さんの顔、熱心に昔話を聞かせてくれるガイドさんの顔、機織りを見学させてくれた少女のはにかんだ顔、そして少年僧侶《そうりょ》たちの輝くような笑顔。

「せつなさ」という日本語がある。他の言語にはとても翻訳しにくい言葉だと聞く。胸が締めつけられるような思いとでも言えばいいのか、恋愛だけでなく、たとえば田舎に暮らす少年などを見たときに、ふとそんな言葉を使いたくなる。そのせいか、これまで「せつなさ」という思いは、素朴さとか、純粋さのようなものから滲《にじ》み出てくるものだと思い込んでいた。しかし、今回ブータンという国を訪れて、そこにもう一つの言葉を付け加えたい。野原を駆け回って遊ぶ少年は、素朴さや純粋さと同時に、高貴さを持ち合わせている。都会の少年に比べれば何も持っていないように見えるかもしれないが、彼は「足りている」という、とても贅沢《ぜいたく》なものを持っている。きっとそれはブータンの人たちが持つ高貴さと、とても近いものだと思う。

ブレーキ／ハンドル／アクセル／パーキング

ブレーキ

あれは二十三、四歳のころだったか、ある友人に、「ほんと、お前の『ブレーキ人生』を見習いたいよ」と、（たぶん）褒められたことがある。ブレーキという言葉には、どこかマイナスイメージがあって、最初にそう言われた時、正直、遠回しに貶《けな》されているのだと思っていた。ブレーキ人生。聞けば聞くほど、前に進まない感じがする。

この友人とは、暇があれば一緒に酒を呑《の》んでいた。互いに貧乏だったので、枝豆を二百八十円で出す居酒屋へ行く金も惜しみ、酒や安いつまみを買い込み、どちらかのアパートでどちらかが潰《つぶ》れるまで呑み明かしていた。

友人は一つ年上だったので、一年早く社会人になっていた。埼玉県に本社のある三流（本人談）銀行に就職したのは、「経済学部を出たのだから金融だろう。三流大学を卒業したのだから三流銀行だろう」と、もちろん面接でそう言ったわけではないだろうが、心のどこかにそんな論理が働いて、気がつけば（無事に）就職できていたという。

当時、僕は、就職活動もせず、なんとなく大学を卒業してしまい、そのままましがないフリーターをやっていた。たぶん、フリーターという言葉はすでにあったと思う。ただ、世は辛うじてまだバブル、今で言う就職難民という意味合いはなかったはずだ。事実、就職活動していた同級生たちからは、「四つ目の内定をもらった」とか、「クルーザーで会社説明会があった」とか、景気のいい話ばかりを聞いていたように思う。

そんな最中《さなか》、三流（本人談）にしろ、銀行という堅実な職場で働く彼にしてみれば、時給千円超えで喜んでいるフリーターを目にすると、金銀財宝を前に財布の小銭を数えているように見えたのだと思う。

一つ年上ということもあったのだろうが、この友人には酒を呑むと説教をする癖があった。「今はいいけど、年とった時、どうすんだよ」「お前はね、ただ楽な道を選んでるだけだ」「逃げてんだよ、人生から」「いつまで立ち止まってるつもりだよ」などなど。とにかく酔えば、何かと人の人生にいちゃもんをつけていた。

ただ、そんな彼が一度だけ、僕の逃避人生を（たぶん）褒めてくれたことがある。それが最初に書いた「ほんと、お前の『ブレーキ人生』を見習いたいよ」だ。

最初、意味が分からなかった。ブレーキ人生。どう聞いても、褒められているとは思えない。首を傾げる僕に、彼はこう言ったと思う。

「俺さ、逃げ出すのって簡単なことだと思ってたけど、そう簡単でもないんだよな。お前よくバイト変えるだろ。そのたびに、『ほんと、根性ない奴だな』って思ってたんだけど、よくよく考えたら、お前からバイトの愚痴、聞いたことないんだよな。いつも楽しそうで、機嫌良く働いてるわりに、辞める時はあっさりしたもんなんだよ。……で、俺、最近よく思うんだけど、流されるのって簡単なんだよな。そりゃ、嫌な上司もいれば、人間として許せないようなことも多々あるよ。でも、そんなのあっという間に慣れちゃうんだよな。惰性っていうか、『走り出したら止まらないぜ』じゃないけど、どう考えても自分では許せない方向に転がってんのに、踏ん張るの面倒で、転がっちゃえって。そう思うと簡単なんだよ。俺、これまでずっと転がる力が大切なんだって思ってたけど、転がる力なんてのは、止まる力に比べたら屁《へ》でもないな」

　たぶん褒められていたのだろうが、正直、確信は持てなかった。バイトを次々に辞めるのは、たしかに不満があってのことではなかったが、さて、惰性を断ち切るとか、人間として良い方向に向かうとか、そんな高尚な理由があってのことかと言われると、そうでもなかった。ただ、自分の意見に酔っている彼に、「いやいや、バイト辞めるのは、飽き症だからなんだよね」とは、とても言い出せなかった。

　今思い返してみても、この夜の彼は、間違いなく僕を買いかぶり過ぎだ。しかし、ちょっと走っただけで息切れするようになった最近、よくこんな風に思う。人間というのは止まれるという確信があるからこそ、走り出せるのかもしれないな、と。

ハンドル

最近、取材で海外へ行く機会が多い。

今年だけでも、タイ、ブータン、台湾、中国、ベトナムと、アジアを中心に様々な国を訪れている。ほとんどの場合、編集者やカメラマンの方々と同行するのだが、海外旅行では相手の素顔が見え、思わぬ発見をすることも多い。

東京では比較的無口な人の楽しい話に、南国の屋台で夜がふけるまで笑わされたり、逆に、東京ではいつもみんなを笑わせている人が、車窓を流れる牧歌的な風景を眺めているとき、ふと見せる鋭い視線に、はっとさせられたりすることもある。旅行先では、ほぼ一日中、顔を突き合わせているからだろうと思う。

これまでいろんな方々と旅をしてきたが、妙に気の合う人たちがいる。たとえばカメラマンのHさんとは、東京ではほとんど顔を合わせることもないのだが、旅先では親友と言ってもよいほど、気が置けない時間を過ごせる。そのせいか、気がつけばHさんとはすでに五カ国もの国を訪れており、五カ国も一緒に旅行した人など家族の中にもいないと互いに笑い合っている。

編集者のMさんや、ライターのTさんも、一緒に旅をすると楽しい。東京でも充分に楽しいのだが、旅先だとその魅力が倍増する。

最近、一緒に旅をして特に楽しいこの三人に、何か共通点はあるだろうかと考えてみたことがある。正直、性格も思考も好みもまったく違う三人なのだが、よくよく考えてみると、妙な類似点がいくつか見つかった。

まず、居心地がいいと思う場所が同じである。たとえば、超豪華なホテルのラウンジでも素通りすることがあるくせに、ふと入ったフェリー乗り場の（どちらかといえばダサい）カフェで長時間話し込むことがある。もちろん相談して決めるわけではなくて、あくまでも後で気がつけば、そういう旅をしているのだ。

グループでの旅行に、馴染《なじ》んでいそうでまったく馴染んでいないところも似ている。グループだから楽しめているというよりは、きっとこの人はここに一人でいても、同じように楽しんでいるんだろうなと思わせる何かがあるのだ。他人に頼らず、他人と楽しく一緒にいる、という実はとても高度なコミュニケーションを彼らは自然に取れるのだと思う。

また、三人に共通することで、思わず膝《ひざ》を打ったことがある。基本的に取材旅行というのは仕事なので、編集者やライターは現地の人から情報を引き出し、カメラマンは写真を撮るのだが、この三人に関して言えば、旅行中、まったく仕事をしているように見えたことがないのだ。もちろん三人とも一流の仕事をされる。一流中の一流と言っても過言ではないと思う。しかし、その一流の仕事をしている最中に、まったく仕事をしているように見えず、言い方は悪いが、誰よりも楽しく遊んでいるようにしか見えないのだ。この三人と旅をすると、「一生懸命」という言葉からイメージされる像が、かなり違って見えてくる。集中力の賜物なのか、生来の楽観主義から来るものなのかは分からないが、とにかく風変わりなその「一生懸命さ」で、見事な仕事をこなしていくのだ。

車のハンドルには「遊び」と呼ばれる部分があるが、この「遊び」の範囲が、三人は似ているのかもしれない。「遊び」が広すぎれば、方向は定まらない。逆に狭過ぎれば、余裕がなくなる。

世の中には運転のうまい人というのがいるが、きっとこの三人もそうなのだと思う。ハンドルを強く摑《つか》んで、ガチガチに前のめりになることもなく、かといって、同乗者との会話に夢中になり、ミラーの確認を怠ることもない。楽しく話しながら、すっと車線変更はするが、苛々《いらいら》とパッシングする乱暴さはない。

要するに、安心して居眠りができる車。きっと三人は、そんな車の運転ができる、名ドライバーたちなのだと思う。

アクセル

エッセイのタイトルに「アクセル」とつけて、さて、何を書こうかとしばらく悩んでいると、ある懐かしい光景が浮かんできた。

まだ小学校の低学年だった。ワゴン車の後ろのシートを倒し、弟と二人でごろんと横になっている。寝転んだシートからは窓の外に星空が見える。運転席には父、助手席には母がいる。道が分からなくなれば、直感で方向を決める父と、なんとなく違うような気もするが、夫が決めたのだから正しいのだろうと思い込む呑気《のんき》な母の会話は続く。

福岡に暮らす従兄弟《いとこ》の家に向かう車中の光景だ。当時、まだ高速道路も完全には繋《つな》がっておらず、実家の長崎から福岡まで、前述のような両親だったせいもあり、ほとんど一晩かかっていたような記憶がある。

出発するのも遅かったのだろうが、毎回、従兄弟が暮らす団地に着くのは薄《うっす》らと空も白みかけた朝方で、もちろん僕と弟ははしゃぎ疲れて深い眠りにおちていた。

無理やり起こされ、眠い目をこすって車を降りる。目の前には十棟ほどの高層団地が並ぶ壮大な景色がある。近所では中学校の校舎が一番大きいような田舎町に暮らしていたので、巨大な団地は迫力がある。時間も時間なので、ほとんどの部屋は真っ暗で、従兄弟家族の部屋だけにぽつんと明かりがついている。

僕らが会うのを楽しみにしていれば、従兄弟たちも楽しみにしていたらしく、十二時を回るころまではがんばって起きていたらしいが、寝ぼけた目をこすって向かった部屋では同年代の従兄弟たちがすやすやと寝息を立てていた。

夜というものが、まだとても長いと思っていたころだった。そんな夜中、父がアクセルを踏み続けていたのだから、きっととても遠くへ来たのだと、まだ素直に感動できる年頃だった。

小学校の高学年になると、従兄弟の家へ行くこともなくなった。中学に上がった時には両親とドライブなど苦痛でしかなくなっていた。

大学に入学し、すぐに車の免許を取った。もちろん両親を乗せてドライブしたかったわけではないのだが、あれはどんな話からだったのか、両親と福岡の太宰府天満宮《だざいふてんまんぐう》へ出かけたことがある。

道に迷っても、「停まるな。とりあえずまっすぐ進め」とせっかちな父。「進めばどっかに出るでしょ」と呑気な母。二人の会話は子供のころから聞き慣れた相変わらずのものではあったが、一点だけが昔と違った。

ハンドルを握っているのが僕だったのだ。

免許を取ったのだから運転をする。ただそれだけのことではあるが、すでに繋がっていた高速道路を走りながら、「ああ、そうか。任されてるんだな」と、ふと思ったことを覚えている。何もハンドルを握るということは同乗者の命を預かっているとか、そんな大げさなことではなくて、なんと言えばいいのか、これまでずっと父に任せていたことを、今自分が自然に任されているのだと、ふと感じたのだと思う。

最近、車に興味のない若者が増えたと聞く。車を買わないどころか、免許も取らないという。かく言う僕も、現在の都会暮らしではさほど車の必要性を感じていないのかもしれない。しかし、何かを任されたという感覚を生まれて初めて味わったのが、もしもあの日のドライブだったとしたら、今の若者たちは何か大切なことを味わい損ねているのではないだろうか。

パーキング

先日、ある友人と「高速道路のサービスエリアというものは、どうしてああもセンスがないのか」という話で盛り上がった。

ずらっと並んだ自動販売機。学食のような食事処には、カレーライス、ラーメン、アメリカンドッグとどこも似たようなメニューが並び、商品棚にはかわいい？　マスコットのグッズや菓子が色とりどりに並んでいる。

要するに子供が喜びそうなものを集めると、ああいう形になるのだろうが、サービスエリアを利用するのは、何も子供たちばかりではない（というか、基本的には大人のための場所の）はずで、もう少し大人も楽しめるようにしてくれてもいいのではないかと思う。

友人曰《いわ》く、「車もいろんな種類があり、それをそれぞれのセンスで買うわけだから、ドライブ中の休憩にももう少し幅を持たせてほしい」というのは真っ当な意見で、食品サンプルを並べたレストランの隣に、星付きのレストランを作ってくれとは言わないが、美味《うま》いカプチーノを飲ませるくらいのカフェがあってもいいように思う。

とは言いつつ、サービスエリアという場所が嫌いかと言われればそうでもない。今年の春先もある取材のために、九州を車で回ったのだが、その途中やはりサービスエリアに寄った。編集長である五十代の男性を頭に、四十代、三十代、二十代と、年代も性別もばらばらなグループだったが、とりあえず車から降りてトイレを済ませると、それぞれが自分勝手にサービスエリア内を動き始めた。

とりあえず、屋台のフランクフルトを買って食べている者、気持ちのいい屋外でタバコを吸っている者、あればあったで悩むらしく各種缶珈琲《コーヒー》から何を買おうと選んでいる者。若い女性はさほど興味もなさそうに商品棚に並んだ菓子類を眺め歩いている。

せっかく車を停めたのだから、そう急いで出発することもない。かといって、どうしても欲しい物や食べたい物があるわけでもない。

ぽかんと空いた時間を、勝手気ままに過ごしているみんなを眺めていると、ふと、たまに帰る実家ってこんな感じだよなと思ってしまった。

日頃から親しい付き合いの、気心が知れた人たちではあったが、やはり半分は仕事でドライブをしているわけで、車の中では遣っていないようで多少はお互いに気を遣っている。それがサービスエリアで休憩となった途端、パタンとシャッターを下ろしたみたいに、好き勝手に動き出したのだ。

休憩するということは、要するにパタンと店のドアを閉めることで、とすればこの時の僕らの行動はどこにも間違いがない。もっと言えば、休憩するときに必要なものは不必要だとでも言えばいいのか。となれば、さほど必要とも思えないものが並んだサービスエリアという場所は大人にとっては休憩に打ってつけの場所であって、ドライブ中に休憩している？　子供たちにとっては、やっと休憩を休憩できる場所ということになる。

考えれば考えるほど、サービスエリアというのは不思議な場所のような気がしてくる。結局、目的地ではない場所というのが、そんな思いにさせるのだろうか。

目的地ではない場所。

必ず出ていく場所。

春先の取材旅行で、ふと感じた「たまに帰る実家のような」という感覚と、何か共通点がありそうな気もしてくる。

南国の気配。

メコン川・午前六時

チェックインしたホテルから隣接した寺院が見えた。おそらくガイドマップには、その名前も載らないような小さな寺院なのだが、敷地内に若い僧侶《そうりょ》たちが暮らす高床式の粗末な寄宿舎がある。

チェックインしたのは、日差しの強い午後だった。トランクを運んでくれるポーターのシャツは、背中がぐっしょりと汗に濡《ぬ》れている。客室へ向かう途中で、その高床式の寄宿舎が見えた。日差しとスコールと熱い風に、長年なぶられてきたのだろう木組みの階段に濃い日陰ができており、鮮やかなオレンジ色の法衣を纏《まと》った少年たちが座り込んでいる。その姿は、強い日差しを恨むようでもあり、長過ぎる午後にすっかり退屈したようでもあり、濃い日陰の中だけでゆっくりと流れている時間が見える。その時間の流れ方が何かに似ている。一見、まったく動いていないようで、しかし、確実に動いていている何か。

少年僧侶たちが凭《もた》れかかる寄宿舎の木壁に、白いペンキで書かれた落書きを発見したのはそのときだった。

「Welcome for woman」

これが正しい英語かどうかは分からないが、男ばかりで熱帯の夜を過ごす少年たちの、投げやりな冗談と、明るい笑い声が、どこからともなく聞こえてくる。

早朝六時。ホテルの前からトゥクトゥクに乗り、托鉢《たくはつ》が行われているサッカリン通りへ向かう。ホテルのスタッフが用意してくれた竹編みの小さな籠《かご》には、僧侶に喜捨する蒸した米が詰められている。まだ温かいごはんの熱が、竹編みの籠を通して、手のひらに伝わってくる。

日中の暑さが嘘のように、走り出したトゥクトゥクには爽《さわ》やかな風が吹き込んでくる。洗ってきたばかりの顔に当たる風は、ヒヤッとするほどに冷たい。トゥクトゥクの振動で荷台が揺れる。トゥクトゥクの振動でポケットに入れた小銭が鳴る。トゥクトゥクの振動で背後に流れていく街並みが揺れる。

朝日を浴びたサッカリン通りを走っていると、今日が、本当にまだ始まったばかりなのだという、至極当たり前のことに気づき、もうずいぶんこんな気持ちになったことがなかったことに愕然《がくぜん》とする。

旅先で迎える朝ほど、清潔なものはないと思う。おそらく見慣れた時計の中にある「朝」という時間帯ではなく、人間の身体の中にある「朝」という感覚を、旅先では思い出せるのだろう。そしてここルアンパバーンでは、誰もが生まれたときから身体の中に持っている「朝」に、とても似た「朝」を迎えることができる。

トゥクトゥクが着いたサッカリン通りでは、すでに僧侶たちの到着を待つ列ができていた。竹編みの籠を持って歩道に並び、女性は跪《ひざまず》き、男性は立ったままで、次々に歩いてくる僧侶たちに、米を一つまみずつ喜捨していくのだ。

しばらく歩道で待っていると、埃《ほこり》っぽい一本道の向こうから、鮮やかなオレンジ色の法衣を纏った僧侶たちが歩いてくる。ほとんど色のないルアンパバーンの通りに、僧侶の纏った鮮やかな法衣は、まるで露店に並べられた果物のように瑞々《みずみず》しい。

僧侶たちの列がだんだんと近寄ってくる。竹編みの籠を開け、指先でまだ温かいごはんをつまむ。ひとり、またひとり、歩いてきた僧侶たちの籠にごはんを入れる。すでに僧侶たちの籠は、ごはんやお菓子やバナナの皮で包まれたお菓子でいっぱいで、そこに積み上げるようにしてごはんをのせる。想像していたよりもかなりテンポが速い。生意気そうな少年僧侶は、「おめぇ、遅いんだよね」とでも言いたげな表情で、さっさとこちらが差し出す前に行ってしまう。

ふと、寄宿舎の階段に座っていた僧侶たちの姿が浮かんでくる。南国の濃い日陰に身を寄せ合い、長い午後を無為に過ごしていた彼らの、投げやりな冗談と明るい笑い声が、早朝のルアンパバーンの通りにまた響く。

僧侶たちの列が通りから姿を消すと、そこにはいつもの時の流れだけが残る。一見、まったく動いていないようで、しかし、確実に動いている何か。とても雄大で、とても静かな、何かの気配だけがそこに残る。

クアンシーの滝・正午

いったい、いつごろから、ぼくは舗装されている道だけを、歩き続けていたのだろうか——。幼いころには、まだ舗装されていない道が至るところにあったはずだ。裸足《はだし》で踏んだ乾いた土も、小石を踏みつけたときの痛みも、濡れた雑草の冷たさも、たしかに足の裏がその感触を覚えている。

もちろん、今さら未舗装の道を裸足で歩き出したいわけではない。多少ひび割れていたり、多少いびつだったりするかもしれないが、間違いなくこれまで歩いてきた道は、ぼくがぼくなりに舗装してきたものに違いない。簡単に出発点に戻れる年齢でもない。簡単に方向を変えられる年齢でもない。ただ、未舗装の道を裸足で歩いていたときの感触だけはいつまでも覚えていたいと思う。

ワゴン車はクアンシーの滝に向かって、未舗装の山道を走っていた。ときおり、オートバイに二人乗りした若いカップルとすれ違う。後ろに座った女の子は、みんな日傘を差している。こちらの車が巻き上げる土埃に、目を細める者もいれば、シャツの胸元を引っ張り上げて口と鼻を覆う者もいる。

強い日差しを受けた土埃の舞う道で、オートバイの後ろにちょこんと座り、日傘を差している女の子たちは、とてもエレガントに見える。

振動を除けば、エアコンの効いた車内は快適で、助手席から笑顔で話しかけてくるガイドのフンペンさんとの会話も弾む。フンペンさんは偶然ホテルで知り合ったガイドさんで、四十代のラオス人。彼の流暢《りゅうちょう》な日本語は、十代のころ青年海外協力隊としてやってきていた日本人に教えてもらったものらしい。

この日、フンペンさんには、クアンシーの滝のほかに、ヤオ族やアカ族などラオスの少数民族が暮らす村へ案内してもらう約束で、ガイド料として三十米ドル、日本円にして三千円ちょっとを支払うことになっていた。そして、フンペンさんによれば、この金額はラオスでの平均月収に近いという。

このように桁違《けたちが》いに物価が異なる国を旅行するたびに、なんとも言えないもやもやした気分にさせられる。

たとえばこうだ。最初、フンペンさんにガイドをお願いしたとき、「では、一日、三十米ドルで」と言われ、思わずその安さに驚いて、「いい人に出会えて良かった」などと素直に喜ぶ。それが次第に言葉を交わすうち、その金額がここラオスでは法外な値段だということを知らされる。正直、「いい人に出会えて良かった」という第一印象が、瞬時に、「けっこう、この人、ふっかけてくるなぁ」に変わってくるのだ。本当に金というのは不思議なものだ。「自分にとっての三十ドル」と「相手にとっての三十ドル」。きっとバックパッカー的旅行の愛好者なら、ここでさっそく値切りに入るのだろうと思う。ただ、いつも感じるのだが、この手の旅行者はとても卑怯《ひきょう》に思えて仕方がない。どちらにしても勝ちになる勝負を、無理やり仕掛けているようにしか思えないのだ。そしてこういう人たちは、相手が法外な値段をふっかけていることだけに怒り、実は自分もまた法外な値引きをせびっていることには気づいていない。

長時間のドライブのあと、車を降りてクアンシーの滝へ向かう道すがら、そんなことを考えていた。途中、フー（ラオスで最もポピュラーな麺《めん》）を食べさせる露店で昼食をとり、「この味、どこかで食べたことがある」と思っていたら、実家の長崎でよく母親が作ってくれたうどんにそっくりだった。

満腹になった腹を摩《さす》りながら、急な山道を登っていくと、遠くから地響きのような水音が聞こえてくる。照りつける太陽に変化はないのに、遠くから吹き降りてくる風で、一気に汗ばんでいた肌が乾く。風に乗って、滝壺《たきつぼ》に飛び込んでいるのだろう子供たちの歓声が聞こえてくる。

「前は機械工学の先生やってたんですよ。でも、ガイドのほうが儲《もう》かりますから」

横でフンペンさんが話し出す。

「月にどれくらい仕事あるんですか?」

「月に四組か五組くらいですね。ほとんどが日本人」

「フンペンさん、ラオスじゃ、かなりのお金持ちなんでしょ?」

「いやいや、お金のためにやってるわけじゃないから」

「またまた」

「いやいや、ほんとに。ちょっと夢があってね」

「夢?」

「そう。今、ルアンパバーンに小さなホテルを建ててるんですよ」

滝はすぐそこにあるはずだった。落下する水が、滝壺を打つ重い音が聞こえる。野

南国の気配。

鳥の奇妙な鳴き声がする。滝壺から流れ出た水が岩の間を流れていく音が聞こえる。ずぶ濡れになった男の子が、濡れた靴を鳴らして走ってくる。

すぐそこに、クアンシーの滝がある。すぐそこに、落ちてくる水の気配がある。

La Résidence Phou Vao・午後五時

高級リゾートホテルのプールサイドで、新鮮なタオルがかけられたデッキチェアーに寝転んで、よく冷えたビールでも飲みながら、無為に時間を過ごしているときのことほど、言葉にしにくいものはない。

ただ、ある意味で、ぼくらはその言葉を消そうと思い、プールサイドで寝転ぶわけで、もしもそこに言葉が生まれたら、とたんにこの行為は無駄になる。

エアコンの効いた部屋で水着に着替え、着古したTシャツを身につけて外へ出る。ビーチサンダルをペタペタ鳴らし、プールサイドまで歩いて行けば、まるで指先で触れられるような濃い日差しがそこにある。

清潔なタオルがかけられたデッキチェアーに寝転ぶ。ほどなくスタッフが現れて、よく冷えたマンゴージュースと灰皿を置いていく。

目の前には満々と水を張ったプールがあり、その先には原生した椰子《やし》の森が広がる。森から吹いてくる熱風が、プールの水面《みなも》に波紋を作る。美しい紋様を描いた波は、プールの端までゆっくりと広がり、音もなく消えてゆく。マンゴージュースを手に取ると、手のひらにグラスの冷たさが伝わってくる。一口飲めば、甘く冷たいジュースが喉《のど》の奥へと落ちていく。

ここにはいっさいの言葉がない。言葉が消滅したことで、日ごろ鈍っている五感が冴《さ》える。

満たされているという状態を、ぼくらは言葉にできないのではないかといつも思う。何か欠落しているからこそ、そこを必死に言葉で埋めようとしているのではないだろうか、と。

ルアンパバーンに到着して、かなりの枚数の写真を撮っていた。日ごろは旅先での風景を写真に収めたいと思うことはなく、カメラ自体を持ってくることもないのだが、日本を出発する数日前に、たまたま買い換えていた携帯電話に、そこそこ高性能なカメラ機能がついていた。

パラソルの下、濃い日陰に置かれたデッキチェアーに寝転んで、ここルアンパバーンで撮りためた写真を眺めた。

初日、初めて一人でぶらっと町歩きをしたときに、ふとふり返ると、汗と泥で顔中を汚した子供たちが、ぼくのあとをついてきていた。携帯のカメラを向けると、照れたようにみんな俯《うつむ》き、一人が何やら叫んでその場から走り出す。ほかの子たちも慌ててあとを追い、明るい笑い声だけがそこに残った。

そのまま町歩きを続けていると、果物を売る露店があった。店番しているらしい幼い女の子が二人、何が楽しいのか、ケラケラ笑いながら、互いに抱きつき、またケラケラと笑い出しては、こちらに指を二本突き出して、奇妙な形に曲げてみせる。

「え？　何？　どういう意味？」

いくら日本語で尋ねてみても、二人の女の子たちは、人懐こい笑顔を浮かべて笑い続けるだけで、その笑顔を見ているうちに、こちらまで何だか可笑《おか》しくなってくる。

携帯カメラでそんな彼女たちの笑顔を撮った。画像を見せようと携帯を渡すと、日に灼《や》けた頬と頬とを寄せ合い、小さな画面に映された自分たちの笑顔を見て、また笑い出す。

そばに立っていたまだ若い父親（たぶん）が、「壊すから、あんまり触るな」とでも叱ったのか、年長らしい女の子が、その小さな手で握り締めていた携帯をおずおずとぼくに差し出す。

その後、ルアンパバーンの全貌《ぜんぼう》を見渡そうと、プーシーという丘の上にある寺院に上った。長く急な階段を、汗だくになって上がっていると、男の子が二人、転がるように階段を下りてくる。その勢いがあまりにも凄《すさ》まじかったので、思わず携帯のカメラを向けた。

ここルアンパバーンは街全体が世界遺産に認定されている。学校で旅行者にカメラを向けられたら、愛想よくしろとでも教えられているのか、ぼくが携帯のカメラを向けたとたん、転がるように駆け下りてきた男の子たちが、互いのシャツを摑《つか》み合い、慌ててその足を止めた。

パチリと一回シャッターを押し、撮れた画像を二人に見せた。二人はちらっと自分たちの画像を確かめて、「うん」と満足げに肯《うなず》くと、また転がるように急な階段を駆け下りていった。

　ここに一枚の写真がある。たぶん今回ラオスで撮影した中では、一番いい写真ではないかと思う。

　ルアンパバーンの郊外に、パークウー洞窟《どうくつ》という大小多くの仏像が納められた場所がある。ここへはメコン川を渡って上陸する。このときに乗ったボートを、この写真の少年は操っていた。おそらく、まだ小学校の低学年だろうが、一人前にオールを漕《こ》ぎ、エンジンがかかかると、さっと舳先《へさき》に座り込んで、対岸の断崖《だんがい》に目を向けた。

　一瞬、男の子がこちらをふり向いたのを、ぼくは携帯のカメラに収めている。撮影したときは、男の子の表情よりも、その先にある断崖のほうに目がいっていたのだと思う。改めてこの写真を見ると、男の子がとても哀しそうな目でカメラを見ていたことに気づく。とても哀しそうで、とても勇敢そうで、すでにもう何かを知っているような目で、彼はカメラをじっと見ている。

　気がつけば、子供たちの写真ばかり撮っていた。これも旅先での感傷なのだろうが、プーシーの丘で見た仏像の顔は忘れても、この子たちの笑顔はしばらく忘れないような気がする。

携帯を置いて、デッキチェアーから立ち上がった。いつの間にか、身体が熱を帯び、肌には汗が吹き出している。

プールサイドに立ってみた。足元に満々と水を張ったプールがある。日に灼けたタイルの熱が、足の裏をじりじりと焼く。

どれくらいの深さなのだろうか。このまま飛び込めば、どれくらいまでこの熱した身体が沈んでいくのだろうか。

夜市《ナイトマーケット》・午後十時

昼間トゥクトゥクやオートバイが乾いた土埃を上げて走っていたシーサワンウォン通りに、日が暮れると賑《にぎ》やかな夜市《ナイトマーケット》がたつ。車両は通行止めにされ、まだ太陽の匂いがかすかに残る通りに、地べたに布を広げただけの簡素な露店が並ぶ。

バンコク、台北、長崎……、これまでにどれくらいの夜市を歩いたことがあるだろう。どの都市の夜市にも、その都市独特の「狂乱」の一歩手前にある熱気がある。ただ、ここルアンパバーンの夜市は、それらどの都市のものとも少し違う。ほかの都市の夜市がもしも「狂乱」の一歩手前であれば、ここルアンパバーンの夜市は、「静寂」の一歩先という印象が強い。

狂乱と静寂。本当に凄まじいのは、実は静寂のほうかもしれない。


地べたに広げられた布には、細やかな刺繍《ししゅう》で彩られたタペストリーがあり、晴れやかな民族衣装があり、木彫りの象の置物があり、そしてペプシの図柄が描かれたTシャツが並べられている。

決して明るい通りではない。露天商たちはとても小さなライトだけで、自分たちの商品を照らしている。言ってしまえば、露店の明かりは完全に夜に負けている。ぼくらのようにぶらぶらと商品を見て廻《まわ》る観光客に、積極的に声をかけてくる露天商はおらず、逆にこちらから声をかければ、「ほんとにこれを買ってくれるの？」とでも言いたげな、とても申し訳なさそうな笑顔を見せ、その隣では、遊び疲れた子供たちがすやすやと眠っている。ほの暗いライトが、そんな子供たちの寝顔を照らす。

何を買うでもなく、しばらく通りを歩いていると、ひときわ明るい場所に出た。地図で調べてみると、ワット・マイという寺院で、本来は王宮博物館に安置されている本尊が、ラオス正月に当たるこの日、ここで展示されているらしい。

　明かりに誘われるように境内へ足を踏み入れた。境内の広場には、素朴なゲームを愉《たの》しむ露店が並んでいる。簡単なルーレットのようなもので、現金を賭《か》けている人たちがいる。風船を的にしたダーツゲームで景品を取ろうとしている者がいる。中でも一番人気があるらしいビンゴゲームの会場に、大勢の現地の人たちが集まり、手にしたカードを熱心に眺め、拡声器で告げられる数字に爪楊枝《つまようじ》で穴を開けていた。

　世界のどんな都市でも、夜市がどこかせつないのは、そこに集まる人々が風呂《ふろ》上がりだからではないかと、ふと思うことがある。もちろんみんながみんな風呂上がりというわけでもないのだろうが、すれ違う人々の身体からはほのかに石鹼《せっけん》の香りがするし、石鹼の香りほど人肌恋しくさせるものはない。

　南国の興に乗じて、風船を的にしたダーツゲームをやってみた。一投目、ダーツは見事に風船に当たり、パンと乾いた音が辺りに響く。調子に乗って二投目を投げれば、これまたまぐれか、ダーツが別の風船に当たって、小気味の良い音が鳴る。そしていよいよ三投目、これが当たれば、景品のミリンダが獲得できる。

狙いを定めて目を細め、これまでより力を込めてダーツを投げる。しかし、指から離れたダーツは、思いもよらぬ方向へ飛んでしまう。

露店のおばさんが残念賞に小さなキャンディをいくつかくれる。こんなゲームでも本気になっていたのか、キャンディを受け取った手のひらが、いつの間にか汗ばんでいる。

もらったキャンディを近くにいた幼い女の子に上げた。女の子はとつぜんの贈り物に一瞬驚いたような顔をしたが、その小さな手でキャンディを受け取ると、少し恥ずかしそうにニコッと微笑んで、そのまま父親のほうへ走っていった。

少し離れた寺院から、地を這《は》うような重厚な読経の声が聞こえている。美しい布を肩にかけた女性たちが、銀色の杯を持って歩いていく。銀色の杯には少し黄色く濁ったラオスの水が満たされている。

なんとなく彼女たちを追って歩いていくと、目の前に黄金の本尊が現れた。展示された本尊にはライトが当てられ、その周囲には噎《む》せ返るような色とりどりの花が供えられている。

女性たちは胸に銀色の杯を抱いたまま、本尊に近寄っていく。本尊の脇に木組みの低い台があり、そこに上った彼女たちが、次々に銀色の杯から水を落とす。銀色の杯からこぼれた水が筒を伝い、中央に展示された本尊の黄金に輝く身体を濡らす。水に濡れた黄金の仏像を、煌々《こうこう》とライトが照らす。

ここルアンパバーンに到着してから、ずっと何かを求めていたような気がする。いや、ここ数年の間ずっと、それを求めていたのかもしれない。そして、今、その何かがやっと分かったような気がした。

ぼくはライトに照らされた黄金の仏像に、おずおずと近寄った。周囲には噎せ返るような南国の花々。

ぼくはそっと腕を伸ばした。黄金の仏像から流れ落ちてくる水に、そっと指先で触れてみた。

最愛の人

子供の頃、段ボールを潰《つぶ》すのが仕事だった。

と書くと誤解を招きそうだが、実家が酒屋を営んでいたので、倉庫に溜《た》まる大量の段ボールを、片っ端から潰し、束ねやすく重ねるようにと、いつも両親から命じられていたのだ。

基本的に作業は、学校から戻った夕方、弟と二人でやらされていた。倉庫に積み上がった段ボールの山は壮観で、山がぺしゃんこになっていくのは達成感もある。しかし、やはりまだ子供なので、楽しいのは最初だけ、途中で飽きてくると、段ボールが自動車になり、小さな基地になってくる。

弟がすっぽりと入った段ボールを引きずって遊ぶ。それにも飽きると、それを台車に載せてジェットコースターごっこに変わる。山積みの段ボールは減らず、晩ごはんだと知らせにきた母親に叱られる。

よほど段ボール遊びが好きだったのか、この頃の写真を見ると、頻繁に段ボールと共にいる自分たちの姿が写っている。ウィスキーの箱。扇風機の箱。掃除機の箱。その中にすっぽりとしゃがみ込み、兄弟揃って満面の笑みを浮かべている。

大学に入り、東京での貧乏生活が始まると、今度はこの段ボールを家具として使い始めた。段ボールはわりと頑丈なので、本棚になる。タンスになる。ついでに机にもなる。

当時は本当に段ボールのテーブルで食事をし、日記をつけ、たまには勉強もしていた。元来、机ではなく紙なので、段ボールテーブルはメモ帳の役割も果たした。電話で喋《しゃべ》りながら、メモ帳代わりに段ボールテーブルに、用件を書き付ける。

「新宿《しんじゅく》アルタ前　７ＰＭ」

「英語のレポート　提出19日午前中」

などなど、そんな文字がテーブルのあちらこちらに残っていた。

小説を書き始めたのは、すでに大学を卒業したあとだったが、やはり生活水準に変わりはなく、相変わらず机は段ボールだった。原稿用紙がなくなると、アイデアを忘れないように段ボールの机に書き込んでおく。

単に不精だったせいなのだが、気がつけば段ボールに短編の冒頭が出来上がっている。小説家志望のフリーターの文章など、誰も大事にはしてくれない。遊びにきた友達はその冒頭に平気でラーメンの汁をこぼす。煙草の焦げあとをつける。ついでに退屈凌《しの》ぎにそこを指でほじってしまう。

あれから十数年。今、仕事部屋にしている場所にも、段ボールは積み上がっている。相変わらずの不精で、引っ越しの時に詰めたものがそのまま段ボールごと置いてある。子供の頃は、自動車になり、基地になり、ジェットコースターになった。二十代の頃、本棚として、タンスとして、机としても使っていた。

そんな段ボールが、やっと本来の使い方をされている。中には、若い頃のアルバムがある。ボツにした原稿がある。そしてこれまでに出版してきた自著がある。

部屋に段ボールというのは殺風景なものだが、そうやって考えてみると、人生を共にしてきた最愛の人のようにも見えてくる。

風が住む場所へ

とても疲れていた。

多忙ぶりたいわけではないが、仕事というのは重なるときは重なるもので、やらなければならない事と、それにかけられる時間を比べると、針穴にロープを通そうとしているようにしか思えなかった。

そんな東京での生活の中、昨年、九州北部にドライブに出かけた。もちろん遊びではなく、当時連載していた新聞小説の取材のためだ。

向かったのは佐賀の呼子《よぶこ》という場所だった。

朝の早い便で長崎へ飛び、そこから実家の車で呼子へ向かった。正直なところ、小説で描く予定の場所を一目見れば済むことだった。

長崎市内から車を飛ばし、山間《やまあい》にかけられたバイパス、高速を乗り継いでいく。長崎を出発したとき、パラパラと雨が落ちていたので、ずっと車の窓は閉め切っていた。東京から長崎へ、場所は動いているのだが、窓を閉め切った車内に、東京での疲れも同乗させているようだった。

県境を越えた辺りで、晴れ間が見えた。一本道の空《す》いた高速の先に、その境界がはっきり見えた。その境界を、車はスピードを上げて突っ切っていく。

不思議なもので、その境界を抜けたとたん、急に気持ちが軽くなった。窓を開けると、助手席に座っていた疲れさえ、風に流されたような気がした。何かにずっと追われているような気分でいたのが、眼前に広がった晴れ間に入ると、とつぜん何かを追いかけているような気分になったのだ。

高速を降り、呼子へ向かう県道を走った。窓から吹き込んでくる風に、次第に潮の香りが濃くなってくる。当初は、呼子の漁港を見学し、数枚写真を撮って帰るつもりだったが、少し足を延ばしてみたくなった。

向かったのは、呼子の灯台だった。丘を越え、海へ出ると、美しい芝生が海原に迫《せ》り出している。迫り出した草原の先に、とても背の低い灯台が見えた。笑ってしまうほど小さな灯台だったが、「こんなところまで、よく来たね」と歓迎されているようだった。

予定になかった灯台まで足を延ばし、車から降りて深呼吸した。見たかったわけでもなく、見る予定もなかったはずなのに、ここに来てよかった、と、都合よく感動している自分がいた。

灯台から再び車に乗って、呼子の漁港へ向かった。駐車場に車を停めて岸壁へ出ると、そこには露店が並び、干されたイカが潮風に揺れていた。

のんびりと岸壁を歩いていると、三輪車を漕《こ》ぐ女の子があとを追いかけてくる。その漕ぎ方が妙に必死で、つい足を止めてしまった。眉間《みけん》に皺《しわ》を寄せた女の子が近づいてくる。何か用でもあるのかと思ったのだが、女の子は立ち止まった僕を軸にUターンして、何も言わずに去っていく。

正直、拍子抜けして、その後ろ姿を追った。女の子はまた必死にペダルを漕ぎながら、干しイカを並べた露店の一つに走り込んだ。どうやら露店に立っているのが、女の子のおばあさんらしかった。戻ってきた孫の頭を撫《な》でようとしたのだが、女の子はその手もすっとかわして、また別方向へ走っていった。

なんてことのない光景だった。小さな漁港にいた女の子の、なんてことのない光景なのだが、呼子という港町が、なぜか大好きな町の一つになった。

小説の舞台を探していただけなのに、大好きな町が見つかる。探していると、なかなか見つからないものが、気ままなドライブではふと見つかることがある。

東 京 の 森

熱帯夜の神宮外苑《じんぐうがいえん》は、独特な雰囲気になる。東京の真ん中にぽっかりとあいた緑地帯だが、都会の夜と森の夜がないまぜになったようになる。

通っているスポーツクラブに向かう途中、この都会の森を通るのだが、気持ちのよい春の夜はもちろん、底冷えのする冬の夜も、うだるような熱帯夜でも、ここのランニングコースを多くのランナーたちが走っている。

仕事柄、一日中家にいるので、日が暮れるころになるとどこかへ出かけたくなる。蒸し暑い夏の日などは特にそうで、かといって酒を飲んでばかりもいられないので、スポーツクラブに行く。家から歩いて三十分ほどかかるのだが、電車を使うと遠回りなのでいつも歩いている。夏の夜に三十分も歩けば汗だくになる。ただ、汗だくになればなるほど、そのあとに飛び込むプールが気持ちいい。

プールで泳ぎ、サウナに入り、シャワーを浴びる。スポーツクラブを出る時にはすこぶる気持ちがいいのだが、帰り道を歩き出すと、また汗が噴き出してくる。そんな時、この神宮外苑のベンチで一休みする。夏は蚊が多いので長居はできないが、それでも微《かす》かな風でも吹けば、火照った体に心地良い。

たとえば銀杏《いちょう》並木の先にある青山通りと外苑の中では、さほど距離は離れていないが、一、二度、温度が違うのではないだろうか。この都会の熱帯夜なのか、森の夜なのか、よく分からない場所でぼんやりしていると、行き詰まっていた小説の構想だとか、なかなか浮かばなかった登場人物のセリフなどが、ふと浮かんでくることがある。

何もその場で頭を捻《ひね》り、悩みに悩んでいるわけでもなければ、偶然に何かきっかけになるようなものを目にするわけでもない。

夜のベンチにちょこんと座り、「そういえば、ティッシュの買い置きが切れてたから、帰りにスーパー寄って買っとかなきゃなー」とか、「あれ？　駅前のそば屋って、この時間まだ開いてんだっけなー」などと考えている時に、たとえば殺人を犯した登場人物のセリフや不倫中の女性の気持ちが、ころんと頭の中に落ちてくるのだ。

もちろん小説家という立場からすれば、そんな瞬間ほど嬉《うれ》しいことはない。その上、それが自分でもハッとするようなセリフや展開であれば、その場で小躍りしたくもなる。だが、都会の夜なんだか、森の夜なんだか、よく分からない中途半端な神宮外苑で、ベンチにちょこんと座った四十代も半ばの男が、不倫中の女性の気持ちが分かり、小躍りしていていいのだろうかとも思ってしまう。

ベンチに座っていると、目の前をランナーたちが次々と走っていく。街灯も少なく、彼らの顔はほとんど見えない。老若男女、太っている人、痩《や》せた人。走るペースも息遣いもバラバラで、一人で黙々と走っている人もいれば、数人で歩調を合わせて走っている人たちもいる。

ほとんどの人は昼間一生懸命仕事をし、その後ここへ来て走っているのだと思う。そんなランナーたちを眺めていると、この人たちもまた、走っている最中にいろんなことを考えているのかもしれないと、至極当然のことに気づく。

端から見れば、ただ走っているだけのようだが、ただベンチに座っているということができないように、やはりただ走るということもできないはずだ。とすれば、きっと中にはティッシュの買い置きのことを心配したり、駅前のそば屋の閉店時間を気にしたりしながら走っている人もいると思う。

そう気づいて改めてランナーを眺め始めると、黙々と走っていた人たちの印象が一変する。都会の森の中がとつぜん騒々しくなってくる。

走りながら、今抱えている仕事で良いアイデアが浮かぶ人もいる。逆に上司や取引先への愚痴をこぼしている人もいる。恋愛に悩んでいる人もいれば、デートのプランを考えている人もいるかもしれない。そんな人たちの声が、都会の森の中に満ちてくる。

以前、新橋の居酒屋で飲んだ時、その店内の騒々しさに驚いたことがある。狭い店内は満席で、その誰もが目の前や横の人と話しているというより、叫び合っていた。そうでもしないと、互いの声が聞こえないのだ。もちろん僕らも負けじと声を張り上げ、次第に喉《のど》が嗄《か》れてきた。その時、自分も含め、みんな喋《しゃべ》りたいんだなーと、しみじみと思った。みんな、誰かに聞いてほしいことが、こんなにたくさんあるんだなーと。

新橋界隈《かいわい》と違い、ここ外苑では土の匂いがする。日中、容赦なく熱されたコンクリートにこもる熱がない代わりに、木々は湿気を含み、葉はじっとりと濡《ぬ》れている。

木々の葉と同じように、ここ神宮外苑に来る人たちの体も濡らす。

ランニングコースになっている歩道の脇には、ぽつんぽつんとランナーたちの荷物が置いてある。ちょっとした手荷物を入れた袋と一緒に、スポーツドリンクのペットボトルが立ててある。

夜道にぽつんと立てられたペットボトルは、ランナーたちのスタート地点であり、ゴール地点でもある。

スタート地点があるから、走り出せるんだよなーとふと思う。そしてゴール地点があるから、いろいろ我慢できるんだよなーとも思う。

夜道に立てられたペットボトルを見ていると、なんだか自分まで走り出せそうな気がしてくる。外苑を一周したところで何かが変わるわけではない。それでも一・三キロ分の言葉は生まれるはずだ。そんなことをつい考えてしまう自分も含め、みんな、渇いてるんだなーと思う。そして渇いているからこそ、先に進もうとするんだなーと。

山崎という町の気配

山崎《やまざき》駅に降り立った時、気温は三十三度を超えていた。背後の天王山《てんのうざん》からは、凄《すさ》まじい蝉の声がする。降り注ぐ日差しは熾烈《しれつ》で、足元の日向《ひなた》と日陰の間に、はっきりとした境界が見える。

山崎という土地は、桂川《かつらがわ》、宇治川《うじがわ》、木津川《きづがわ》という三つの川が合流する地域に栄えた歴史ある町らしかった。それぞれ水温の違う三つの川がぶつかり、そこに立ち上る深い霧がウイスキーづくりに最適な湿度を生み出すのだという。しかし、降り立った山崎駅前に、川の気配がなかった。

駅前の喫茶店で、大山崎町《おおやまざきちょう》教育委員会（掲載当時）の林亨《はやしとおる》氏より町の歴史を教えて頂いた。内容については割愛するが、氏のお話を伺いながら「語り部」という存在が持つ声の魅力と目の強さに、心を動かされている自分がいた。

山崎という土地には、いつの時代も水の気配がつきまとう。千利休《せんのりきゅう》が求めた名水が、今もここ山崎の地下に眠っているのだ。

次に訪れた水無瀬《みなせ》神宮で、初めてこの名水に触れることができた。玉石の参道を焦がすような夏日の中、境内の片隅に設《しつら》えられた水道管から流れ落ちる水は冷たく、そして柔らかい。背後には、後鳥羽《ごとば》天皇の肖像が奉られた社祠《しやし》の内部が、深い闇を抱え込んでいる。譬《たと》えるならば、山崎の水というのは、このシンと張りつめた社祠内の空気に似ているのかもしれない。

いよいよ山崎の蒸溜所《じようりゆうじよ》に着いたあたりで、突然の雷雨に見舞われた。山の天気は変わりやすいというが、ついさっきまで真っ青だった空が、一瞬にして海の底のようになり、あちらこちらで稲光が落ちる。

どしゃぶりの中、宮本博義《みやもとひろよし》工場長（掲載当時）の案内で所内を見学させてもらった。あいにくオーバーホールの時期で、実際の醸造過程は見られなかったが、逆に巨大な発酵槽やポットスチルの中まで、顔を突っ込むほどの間近で見られた。

蒸溜所内で最も印象深かったのは、ポットスチルの形が全て違うことで、直火《じかび》蒸溜や間接蒸溜の違いから、蒸気が吹き出す筒の微妙な長さの違いによって、それぞれがそれぞれの個性を出すという。先に形があって味が決まるのでもなく、味を決めてから形をつくるのでもないらしい。宮本工場長の話を伺いながら、ウイスキーづくりというものが総合芸術なのだということを改めて知る。

その後、テイスティングルームに場所を移して、チーフブレンダー（掲載当時）の輿水精一《こしみずせいいち》氏からブレンドについての話を伺った。ブレンドという行為は、何かの欠点を補うために何かを足すだけでなく、何かの際立った部分を何かで抑えることもあるという説明を聞き、ふと三本の川が合流する場所に湧くという深い霧のことを思った。

蒸溜所を出ると、さっきまでの雨が嘘のように上がっていた。タクシーで京都市内へ向かう途中、少し酔った頭で、「結局、川の気配は感じなかったな」と思った瞬間、ふとポットスチルから流れ出ていく蒸気の様子が目に浮かぶ。と同時に、一度も感じなかったはずの川の気配が、なぜかありありと感じられた。

深い霧から生まれるウイスキー。私は山崎の川を見ずに、形を変えた山崎の川をずっと見ていたのだ。発酵した麦汁が、蒸溜されてウイスキーになる。そう、ウイスキーとは山崎という町の「気配」が形を変えて、この世に現出したものだったのだ。

鏡合わせの都市

香港を訪れるのは、今回が四度目になる。

一九九五年、一九九六年、二〇〇七年、そして今回。大袈裟《げさ》に言えば世紀を、また香港の中国返還という大きな節目を気がつけば跨《また》いでいたことになる。

香港を舞台にしたウォン・カーウァイの『恋する惑星』という映画に影響されて訪れた初回。香港で働く友人を訪ねた二度目。短編小説の取材で向かった三度目。そして今回。訪れた時の年齢も状況も当然それぞれ違うのだが、唯一、変わらぬものがあるとすれば、香港という奇跡的な都市が持つ「刺激」なのだと思う。

若い頃にはどんなに不便な安ホテルに泊まっていても、見知らぬ街を自分の足で歩くというだけで興奮したし、あそこにも行きたい、ここにも行きたい、あれも食べたい、これも食べたい、と、それこそ寝る間も惜しんで刺激を求めていたように思う。だが、年を重ねれば、求める刺激の質も変わってくる。そして当然「旅の仕方」も変わってくる。

先ほど香港は奇跡的な都市だと書いたが、その理由を説明させてもらうと、まずその地形が重要なのではないかと思われる。

ご存じのように香港という街は、香港島サイドと九龍《クーロン》サイドに分かれている。この間の運河をスターフェリーという、なんともノスタルジックなフェリーが往復している。九龍サイドに泊まった旅行者は、対岸の香港島を眺めることになる。当然、香港島にいれば、九龍サイドを眺める。この場合、どちらが主役というわけではない。それこそフェリーに乗れば、いつでも対岸へ行けるし、いつでも戻ってこられる。対岸へ渡れば、今度は自分がいた場所を眺めることになる。自分が泊まっているホテルが見えるかもしれないし、その日食事をしたレストランが入ったビルを改めて眺めることができるかもしれない。

眺めていた対岸が未来であったならば、未来へ渡り、振り返ってみる場所は過去になるのかもしれない。

もちろん全世界を旅したわけではないので確信は持てないが、このように鏡合わせになったように形成された大都市を僕は他に知らない。ブルックリンから眺めるマンハッタン島は確かに美しいだろうが、ここでは主役がはっきりしている。パリも右岸と左岸に分かれてはいるが、その距離が対岸に思いを馳《は》せるには近すぎる。

今回宿泊したマンダリンオリエンタルホテルは香港島サイドにあった。ホテルの窓からは当然九龍サイドが見える。その日、スーツを仕立ててもらった店舗が入っているペニンシュラホテルが見える。食事をした界隈《かいわい》が見える。そして若い頃に泊まっていた安ホテルも見える。

テーラーの鏡の前に立ち、寸法を測ってもらっている自分の姿がある。気心の知れたスタッフの方々と楽しげに点心を頬張る自分の姿がある。そして好奇心旺盛《おうせい》な様子で通りに突き出た数多くの看板を一つも見逃さないように、きょろきょろと通りを歩いている若い頃の自分の姿も見えてくる。

若い頃に求めていた刺激と、年を重ねた今求めている刺激とでは何がどう違うのだろうかと思う。何も知らないことが唯一の武器だったあの頃と、何かを知りかけている今とでは、何がどう違うのだろうかと。

何かを知らない強さと弱さ、そして何かを知っている喜びと悲しさ。

香港という街は、ときどきふと鏡を目の前に置いてくる。旅行者はこの鏡の前に否《いや》応無《おうな》く立たされる。もちろん現実を思い知らされる類《たぐ》いの鏡ではない。鏡に映った自分の背後には、風呂敷《ふろしき》を広げたようにきらびやかな香港の夜景が映っている。

「全てを用意しました。何を選ぶかはあなた次第です」

いつ訪れても、香港はこう語りかけてくる。

自分が今何を求めているのか、鏡の中の自分とじっくりと話ができる。香港とはそういう希有《けう》な街なのだと思う。

THE BAR

STAR BAR GINZA

　バーと呼ばれる場所へ、初めて行ったときの記憶がない。それはちょうど自分の青春がいつ始まったのか、まったく覚えていない感覚に近い。たぶんそれは青春というものが意識せずに始まっているものだからだと思う。

「スタア・バー・ギンザ」は、東京銀座の並木通《なみきどお》りにある。知っている者にはこの辺りのランドマークだが、知らない者にとっては数歩で通り過ぎてしまうほど、その間口は狭い。

　二〇〇二年の夏、私はこのバーで芥川賞《あくたがわ》受賞の知らせを受けた。ある意味、自分の作家らしい作家人生が始まったのがこの場所だった。たまに当時の写真を懐かしく眺めることがある。そこには、紅《あか》いベルベットの壁の前で、照れくさそうに祝福を受ける四年前の自分がいる。

落ち着けるバーで食前酒を飲んでから、食事にでかけることがある。今回、「スタア・バー・ギンザ」でゴールデンキウイのカクテルを飲んでから食事へ出かけた。重厚なバーのカウンターで色鮮やかな食前酒を飲みながら、ふと俳優の西島秀俊《にしじまひでとし》さんのことを思い出した。もともと好きな俳優だったのだが、今年ＷＯＷＯＷでドラマ化された自作に主演して頂いたのが縁で、一度お会いしたことがある。

「監督に言われる通りに動いてるだけなんですよ」

たしか役作りについてみんなで雑談しているときだった。西島さんがぽつりとそう答えられた。謙遜《けんそん》している風でもなかった。実際、そうなのかもしれなかった。ただ、スクリーンの中の西島さんを見る限り、監督が操っているというその糸は見えない。もっと言えば、西島さんの身体はとても無防備で、周りを囲んでいるはずのスタッフの視線からも、果ては観客の視線からも解放されているように見え、そこには自由な身体と表情が映し出されているだけだ。まさか自分の身体が誰かに見られたり、自分の言葉が誰かに聞かれたりしているなどと思ってもいないような、更に言えば、まさか誰かが自分に興味を持っているなどと想像もしていないような無防備さで、西島さんはいつもスクリーンに現れるのだ。

二次会会場へ移動するとき、前を歩く西島さんの後ろ姿がそこにあった。スタッフと肩を並べて歩くその後ろ姿が、まるで正面の姿のようだった。さっきまでみんなを笑わせていた表情と、夜の路地を歩いていく背中が、同じように無防備だった。

無防備であることには勇気がいる。無防備でいられる場所を見つけるのは難しい。ただ無防備でなければ、真の自由は得られないのかもしれない。

〈私の青春は　ひとつの庭園であった　銀色の噴水が草地の中で吹き出し　老いた樹々の夢のように青い影は　私のむこう見ずな夢の情熱を冷やしてくれた。〉

（ヘルマン・ヘッセ「青春時代の庭」より）

ekki BAR & GRILL

ここ数年、東京に多くのホテルがオープンしている。フォーシーズンズホテル丸《まる》ノ内《うち》東京、コンラッド東京、マンダリン オリエンタル 東京……、数え上げればキリがない。一昔前までは一流ホテルとそれ以外という分け方しかできなかった東京のホテルに、様々な選択肢ができた。実際、周囲の人たちに好きなホテルを尋ねても、以前は似通っていた答えが、最近それぞれに違う名前が返ってくることが多い。好きな映画でその人のことがなんとなく分かるように、将来、好きなホテルを尋ねれば、その人の人となりが分かる時代が来るのかもしれない。

先日、フォーシーズンズホテル丸ノ内 東京のバーでシャンパンを飲んだ。店内にはピアノの生演奏が流れる静かな都会の時間がある。ホテルのバーにいると、なぜか今の自分の姿がよく見える。ホテルという場所と、今の自分を知らず知らずに比較しているのかもしれない。

ホテルのレストランで食事をしていると、必ずと言っていいほど思い出す女優さんがいる。もう二十年以上前、まだ九州の田舎で都会に憧《あこが》れていたころだが、テレビのトーク番組に出演されていた寺島純子《てらしまじゅんこ》さんが、「ちゃんとしたホテルのレストランなのに、娘が破れたジーンズなんかを穿《は》いて行こうとするんですよ」というようなことを、笑いながら仰《おっしゃ》っていた。もちろん破れたジーンズというのは、当時の流行を象徴したもので、私はその少女に同世代的共感を覚えた。

話を聞きながら、私は見も知らぬその少女を想像していた。大スターである母親に連れられて、少しふてくされながらもありのままの姿で、一流ホテルのレストランへ入っていくその少女のファンになった。

のちにこの少女は芸能界にデビューし、数々の賞を受賞する女優・寺島《てらじま》しのぶになる。彼女をテレビや映画で見るたびに、「考えてみれば、俺はデビュー前から彼女のファンだったんだ」といつも苦笑いする。その姿を見たこともないのにファンになったのは、あとにも先にも寺島しのぶさん以外にいない。

今年の初め、ドラマの打ち上げの席で、幸運にもこの伝説の女優に会う機会を得た。二十数年前、夢想していた一人の少女は、力強い女優になっていた。花が美しいのは、水を吸い上げる努力と、懸命に日を浴びる生命力があるからだと、改めて思わせるような女《ひと》になっていた。

「自分が出た作品は、よほど時間を置かないと見られないんです」と彼女は言っていた。おそらく誰よりも自分を正視する目を持っているのだろうと思う。誰の評価でもなく、まず自分の評価を信じる人なのだろうと思う。

フォーシーズンズホテル丸ノ内 東京のバーで、よく冷えたシャンパンを飲みながら、そんなことを考えていた。きっと彼女は、ホテルなんかと自分を比べたりするような、そんな陳腐な女性ではないだろうな、と。

〈きみの魅惑は不確定性にある。歴史からわかるのは　ごく僅かな事実だけだから、私のこころできみを自由に造形できた。きみを美貌で敏感な人にした。きみの顔に心

打つ夢の美を与えた。〉

（コンスタンディノス・ペトルゥ・カヴァフィス「カイサリオン」より）

Helmsdale

上京してきたばかりのころ、ある友人に「奢《おご》るから」と誘われて六本木のバーへ行ったことがある。あれはなんというバーだったか、裏通りにある隠れ家的バーで、隠れ家的バーの割にはよく雑誌に紹介されていた。六本木駅からバーへ向かう途中、友人がこんなことを言った。

「こういうバーで、まぁ、一人一、二杯ずつ飲んだら、いくらくらいなのか知っときたいんだよな。ほら、女の子連れてったときに慌てたら無様だろ?」

一瞬、そんなのメニューに出てるんじゃないの? と首をひねったが、友人によると、この手のバーにはチャージなどがつき、たとえば一杯千円のカクテルを飲んだとしても、千円払えばいいというものでもないと力説する。正直、つまんない男だなと思った。デートの予行練習をするところもつまらないが、チャージで怯《おび》えるくらいなら、もっと安心して飲める安い店に行けばいいのにと。

景気がよくなってくると、東京には男同士でうまい酒を飲める店が少なくなってくる。気のせいかもしれないが、なんだかそういう気がしてならない。前述した友人とは、このとき以来、一緒に飲んだ記憶はないが、気の合う男友達と酒を飲むのは嫌いではない。特に盛り上がるわけでもなく、ちびちびとうまい酒を飲む。ただ、景気がよくなってくると、いい酒を揃えた店は、端から端までカップル客に占領されて、居心地も悪いが、男二人だと、その場の雰囲気をぶち壊してしまいそうで躊躇《ちゅうちょ》してしまう。

今回訪れた「ヘルムズデール」は、比較的男同士率が高かったように思う。たまたまだったのかもしれないが、カウンターでは会社の同僚らしき男たちが並び、何を話すでもなく冷えたビールを飲んでいたし、横のテーブルでは学生時代の同級生らしい男二人が、何やら懐かしそうに昔付き合っていた互いの彼女の話をしながら、シングルモルトを舐《な》めていた。

「西伊豆《にしいず》の海にみんなで行ったろ？　あんときって俺の車だったっけ？」

「そうだよ。ほら、エアコン壊れててさ」

現在の仕事の話をするわけじゃない。若いころを懐かしみながらも、そこへ戻りたいと甘ったれるわけでもない。ただ、酒を飲み、昔を笑い飛ばすことで今を語る。

最近、こうやって昔の友達と飲んでないなぁと、ふと思う。杉本《すぎもと》という仲のいい友人がいて、こいつと酒を飲むのが好きだった。何かで盛り上がるわけでもない。愚痴を言い合うわけでもない。ただ、杉本の低い声を聞きながら、日本酒を飲むとうまかった。ここ数年は、互いに忙しくなってしまい、近いうちに飲もうと約束しながらも、その日がまったく近づいてこない。会ったところで、きっと盛り上がらないのだろうと思う。話している時間より、黙り込んでいるほうが長くて、「男二人で飲んだって、クソ面白くもない」などと言いながら、それでも終電ギリギリまで飲んでしまうのだろうと思う。

「ヘルムズデール」の棚に並んだウィスキーのボトルを眺めながら、なぜかそんなことを考えていた。

〈だが　彼等の眼はその瞼《まぶた》のうらで反転し　いま　じっと内部をのぞきこんでいるのだ〉

（ライナー・マリア・リルケ「モルグ」より）

‘howl’ the bar

そのバーは、外苑西通りにある。

通りを南下すれば、南青山三丁目の交差点。通り沿いには高級アンティーク家具店があり、プランツショップがあり、様々なレストランが並んでいる。都内でも最も華やかな界隈《かいわい》だと思う。ただ、以前から不思議だったのだが、この界隈、夜になると途端に表情が変わる。車道から渋滞が消え、歩道から人が消え、青信号の続くアスファルト道路を、空車のタクシーが猛スピードで走り去る。それは繁華街が迎えた夜ではない。どちらかと言うと、本来の住宅地の夜に戻るのだ。

この通りに、バー「ハウル」はある。夜の歩道と、ガラスを一枚だけ隔てて、ある。バーカウンターは歩道と平行に設《しつら》えられている。客は歩道に背を向けて、酒を飲む。ただ、大きなガラス窓の向こうはすぐに歩道で、感覚的には路上で飲んでいるような気分になる。信号だけが変わる暗い通りに背を向けて、夜空の下で飲んでいるような。

以前はオープンテラスでの飲食が苦手だった。みんなはそれを解放感があるとか、通行人を眺めていると楽しいとか言うが、正直、歩道なんかで珈琲《コーヒー》を飲んでいると、解放感を味わうどころか、自分が品の悪い見せ物にでもなり、逆に通行人から眺められているようで仕方なかった。

それが数年前、台北の夜市を体験してから一変した。みんなが言う解放感とやらを、台北の夜市では味わうことができたのだ。見る方にしろ、見られる方にしろ、日本では気になって仕方なかった「視線」が、そこには見当たらなかったのだ。

こちらが通行人を眺めることもなければ、通行人がこちらを眺めることもない。もちろん台北の人々が虚《うつ》ろに歩いているわけではない。南国の熱帯夜、夜市は活気に満ちて、路地を散策する人々の目も、生き生きと輝いている。輝いているのに、そこに「視線」というものを感じないのだ。

人間というのは、視線を頼りに道を歩く。いや、もっと言えば、視線を頼りに生きている。視線がなければ、何も見えない。人は視線で何かを見るのだ。……そう思っていた。ずっとそう信じていた。しかし、台北の夜市には視線がなかった。視線がないのに、人々は生き生きと歩き、生き生きと何かを見ていたのだ。

自分が見る者でも、見られる者でもなくなったときの解放感。見ることをやめ、見られることをやめたとき、人には何か別のものが見え、何か別のものから見られ始めるのかもしれない。

視線を向けるとき、人は傲慢《ごうまん》になる。視線を向けられると、臆病《おくびょう》になる。その視線がなくなったとき、そこに残るのは何なのだろうか。

バー「ハウル」は、外苑西通りにある。夜の歩道と、ガラスを一枚だけ隔てて、ある。バーカウンターは歩道と平行に設えられている。客は歩道に背を向けて、酒を飲む。

〈この世界のすべては無意味だ（自分以外は）。すべては虚飾でしかない（自分の虚飾以外は）。〉

（ジャン・コクトー「一九五三年八月十八日の日記」より）

minimal

二年ほど前、ある印象的なバーに行った。

間口の狭い扉を開けると、目の前に真っ白な階段が迫っている。いや、階段だけではなくて、壁も天井も、床も、視界のすべてが白に覆われていた。

白という色は、遠近感を失わせる。白という色は、原形を失わせる。すでに酔っていたせいもあるが、恐る恐る壁を伝うように階段を上がった。

こぢんまりしたバーだった。バーカウンターに七席ほど、そこに背を向ける形で四席ほどの小さなセカンドバーがある。

驚いたのはその色調で、上がってきた階段同様、その九割が白に埋め尽くされていた。白以外の色といえば、焦げ茶色のカウンターと酒壜《さかびん》の並んだ棚、それとスツールの銀色のポール。

一瞬、目を奪われる、という表現はよく聞くが、奪われるどころか、一瞬、目をなくしたような感覚だった。ギリシャの風景に紛れ込んだような……。いや、白い洞窟《どうくつ》に紛れ込んだような……。いや、白い穴に落ちたような……。

何度も言うが、すでに酔っていたので、その晩、何を飲んだのか記憶にない。旧知の友人たちと飲んでいたので、その晩、何を喋《しゃべ》っていたのかも、それがどこにあったのかも記憶にない。ただ、その晩、家へ帰り、さて寝ようと目を閉じたとき、さっきまで自分がいた白い場所が、鮮明に浮かび上がって消えなかった。

それから二年、都内で食事をして、もう一軒行こうという話になると、必ずこのバーを思い出していた。ただ、浮かんでくるのは斬新《ざんしん》な白い空間のみ。その場所も、名前も分からない。連れて行ってくれた友人に場所を尋ねれば、すぐに分かることなのに、なぜかそれをしなかった。

都内のどこかに、あのバーがある。都内の夜のどこかに、あの白くぽっかりと空いた穴がある。この空想は、不思議と魅惑的なものだった。この二年ほど、心のどこかでこのバーを探しながら、心のどこかで見つけるのを拒否していたのかもしれない。

今回、二年ぶりにこのバーを訪れた。

白い色調はそのままだったが、幾分、その分量が減っていた。オーナーに尋ねると、「単なる気分転換ですよ」と笑っていたが、白の分量が減った分、きっと何かが増えたのだろうと思う。

相変わらず居心地の良いバーだった。今回は名前も場所も覚え、数日後にはまた足を運んでいた。自分でもなぜこのバーが好きなのか分からない。白という色は、原形を失わせる。この店で飲んでいると、自分の何かが失われていく、とても甘美な気持ちになる。


〈また夢の源泉から汲みあげねばならないだろう、死んだものを復元して　アッティカの油壺《レキユトス》のような　深くかつ純粋な色で　その本質の優美な輝きを保つためには。形あるすべては原型であろうとするのだから。〉

（ハンス・カロッサ「古風な墓のレリーフに寄せる言葉」より）

The Westin Tokyo The Bar

このバーのメニューには、二十種類以上のマティーニが載っているという。

カクテルと呼ばれるものは数多くあるが、専用のグラスをアート作品として募集し、コンペティションで賞を与えられるほどのカクテルは、マティーニぐらいじゃないだろうか。最近でもボンベイ・サファイアが主催して、錚々《そうそう》たる選考委員が、その年に作られた最も美しいマティーニグラスを選んでいる。ちなみに今年も薔薇《ばら》をイメージしたマティーニグラスや、和紙で作られたようなマティーニグラスなど、美しい作品が揃っている。

幼いころから、私はなぜか酒を飲む女性を眺めているのが好きだった。父の晩酌に付き合う母でもいいし、正月などに顔を揃え、賑《にぎ》やかに杯を重ねる叔母《おば》たちでもよかった。もちろん、ウィスキーや日本酒のCMで女優たちが酒を飲んでいる姿も好きで、たまたま実家が酒屋だったこともあり、そんなCMのポスターを部屋に貼っていたこともある。

大人になってしまった今も、相変わらず酒を飲んでいる女性を眺めているのは好きで、酒を飲めないと言われると、必要以上にがっくりしてしまう。ただ、酒さえ飲んでくれれば、どんな飲み方でもいいわけではなくて、好きな飲み方というものがある。これを言葉で説明するのは難しいのだが、敢《あ》えて一言で表すとすれば、「足跡」という言葉になるのではないだろうか。

好きな小説は数多くあるが、好きな作家となると数は減る。その中でも実際に会ってみたい作家となると、正直、片手で足りるほどしか浮かんでこない。この中に、小《こ》池真理子《いけまりこ》さんがいる。一度、あるパーティーでご一緒して、幸運にもそのあと、二人で飲む機会に恵まれた。初対面だったせいもあり、かなり緊張していた私に、小池さんはいろんな話をしてくれた。作家になったころの話、作家であり続けるということの意味、軽井沢の四季の美しさ、いろんなことを話してくれながら、ゆったりとワインを飲んでいた。楽しい時間はあっという間に過ぎる。気がつけば、いい時間になっており、そろそろ帰りましょうかとなったそのとき、小池さんがドライマティーニを注文した。

聞けば、いつものことらしく、どんな席でどんな酒を飲んでいても、帰る前には必ず一杯ドライマティーニを飲んで席を立つ。このドライマティーニで、その夜を終わらせるのだ。

小池さんと飲んでいて、帰りたがる男はいないと思う。帰りたがらない男に、夜は終わりだと知らせるために、注文するドライマティーニなのかもしれないが、作家小池真理子の飲む最後のドライマティーニは、そんな男の落胆を掻《か》き消してしまうほどに美しかった。

ここウェスティンホテル東京のバーには、二十種類以上のマティーニが揃っているという。生きていればいろんな夜を過ごす。そんないろんな夜の数だけ、ここにはマティーニが揃っている。

〈ねえ、見てよ、私たちの足跡があんなに長く続いてる……〉

（小池真理子「雪の残り香」より）

B bar Marunouchi

バカラのグラスを初めて手にしたときの記憶がない。知らずに使っていたのかもしれないし、知らされても興味が湧かなかったのかもしれない。おそらくまだ二十代前半、質より量を重んじていたのだろうと思う。

それがいつのころからか、手のひらにずっしりと沈むグラスが、ちょうど錨《いかり》のように気分を落ち着かせてくれるようになった。考えてみれば、錨ほど若者が毛嫌いするものはないのだ。きっとこれがバカラのグラスが若者に似合わない理由なのだろう。

前節で、酒を飲んでいる女性を眺めているのが好きだと書いた。ただ飲んでいればいいわけではなくて、自分なりに好きな飲み方というのがあり、それを敢えて言葉にすれば、「足跡」という言葉になるんじゃないかと書いた。その際、譬《たと》えとして小池真理子さんの飲み方を挙げさせてもらった。今回は、男の飲み方に触れたいと思う。かっこいい男の飲み方として、まず浮かぶのは森山大道さんだ。

森山さんとはある文芸誌で撮影して頂いたのが縁で、最近、行きつけの新宿ゴールデン街界隈でたまにお会いすると、ちょっと横に座らせてもらったりする。決して饒《じょう》舌《ぜつ》な方ではないが、横に座らせてもらうだけで、いろんなことを語りかけられているような気がする。もちろん昔から森山さんの写真やエッセイのファンだったので、横にいるだけで、好きな写真や、好きなエッセイの一節が自然と浮かんでくるせいもある。

〈……ソヨと風が吹くでもなく、チリリと電話がなるでもなく、ひたすら何事も起こらない真っ白な日々で、逗子《ずし》小学校裏の二間のアパートで、ぼくは毎日呆然《ぼうぜん》と膝《ひざ》っ小僧を抱えているほかなすすべもなかった。〉

これは森山さんがフリーになったばかりのころを回想した文章だが、現在の森山さんを知っているだけに、痛切な焦燥感と大いなる自信が伝わってくる。

ある夜、森山さんの横でグラスを傾けていたときに、ふとこの文章が思い出されたのだが、なぜか次に浮かんできたのが、バカラのずっしりとしたグラスのイメージだった。安アパートで膝っ小僧を抱えた若き日の森山さんが、ずっしりとしたバカラのグラスに重なり、そしてまた、今、横で飲んでいる森山さんの姿にもその残像があったのだ。

森山さんは、忘れていないんだなと思った。若き日の自分を、若き日の焦燥感と大いなる自信を、きっと忘れていないからこそ、今、こうやって世界を相手に活躍しているのだな、と。

森山さんの酒の飲み方を、僕は敬愛している。できればこんな男になり、こんな風に酒を飲みたいと思う。バカラのグラスを持つことは簡単だが、自身がバカラのグラスになることは難しい。森山大道という存在は、きっとぼくらが愛する界隈の「錨」であり、また生きることを模索する若者たちの「錨」であり続けるのだろうと思う。

〈ぼくらのいま持つものにだって　切ない喜びがあるんだ〉

（ウィリアム・バトラー・イエーツ「十九世紀の過ぎるいま」より）

bar Dolphy

東京に長く暮らしていると、闇を忘れる。

日が落ちても、通りはきらびやかな看板や街灯で照らし出されているし、地下鉄や私鉄の駅へ入れば、真昼よりも明るいライトが、仕事に疲れ、酒に酔った乗客たちの青白い顔を浮かび上がらせる。ジャン・リュック・ゴダールの初期作品に、「地下鉄に乗っている人の横顔は、どうしてみんな不幸に見えるのだろうか」というモノローグがあったが、人は闇を嫌って、街を明るくしようとしたはずだ。なのに、そこに照らし出された人間たちが、不幸に見えてしまうとは。

今回訪れた「バー　ドルフィー」は、銀座七丁目七番七号という、非常にラッキーな場所の地下にある。画廊のある一階から狭い階段を下りていくと、一瞬、銀座の街《まち》灯《あか》りから見放されたようになる。ちょうど月明かりを頼りに浜辺を歩いていると、雲が月を隠し、波音だけが高くなるように、店内から落ち着いたＢＧＭが聞こえてくる。

店内は暗く、よく磨かれたカウンターを、淡いライトが照らしている。そしてカウンターに反射したその明かりが、グラスを傾ける客たちの顔を照らす。夜が夜のまま、残っているとでも言えばいいだろうか。

カウンターに身を落ち着かせ、酒を注文すると、しばらく経ってから、バーには珍しくケーキが出された。あまり詳しくないが、「イデミスギノ」という有名店のものらしい。興味半分で一口食べると、口内になんとも言いがたい甘さがひろがる。パン生地は柔らかいわけでもなく、かといってパサパサしてもいない。また、中に入ったあんこが甘過ぎず、シングルモルトによく合った。

二杯目を注文し、連れとの会話を楽しんでいると、今度はチョコレートがロイヤルコペンハーゲンの小皿で出された。塩とキャラメルがうまい具合に配合された、これまた酒に合うスイーツだった。

あれは小学生のころだったか、町内会の催しだったと思うが、砂浜でキャンプをしたことがある。昼間は燦々《さんさん》と輝く太陽の下、背中が赤く日焼けするのもかまわずに遊び回り、夕食は各自持ち寄った材料でカレーを作った。ちょうど後片付けが終わるころ、水平線に日が沈み、大人たちが砂浜に置いたドラム缶で火を焚《た》いた。夜空に立ちのぼる火の粉や煙の色を、未《いま》だにはっきりと覚えている。

ドラム缶の火が消えると、各自決められたテントに入った。狭いテントに子供たちだけが四、五人くらいいただろうか。もちろんすぐに興奮が収まるわけもなく、誰が誘うともなく、テントを抜け出した。

雲が多く、月明かりもない、真っ暗な砂浜だった。ただ、打ち寄せる波の音だけが聞こえ、さすがに波打ち際まで行く勇気のある者はいなかった。まだ太陽の熱が残る砂浜に腰を下ろし、誰かが持っていたチョコレートをみんなで食べた。何も見えないせいか、口の中のチョコレートの味だけが際立った。まるで世界には、このチョコレートの甘さだけしか存在しないようだった。

〈夜をこんなにも暗くしているのはこの灯されたランプのような気がする。〉

（フェルナンド・ペソア「不穏の書」より）

ROCK FISH

午後の三時からあいているバーを、あまり知らない。ここ「ロックフィッシュ」は、銀座コリドー街に建つビルの二階にある。店内に開放感があるのは、きっと奥にある窓から、まだ夜にはほど遠い午後の銀座が見下ろせるからだろう。開放感のあるバーというのは、なかなかありそうでない。

あれは去年の秋ごろだったか、成田《なりた》空港で偶然エルメスジャポンの齋藤峰明《さいとうみねあき》社長(掲載当時)にお会いした。

搭乗時間まで少し間があったので、書店に寄ったり、結局買わないトランクを、いつものように品定めしたりしたあと、さて中へ入ろうかとしたときだった。

近くもなく、かといって遠くもない、微妙な距離で目が合った。近眼なので、はっきりと顔は見えなかったが、その風貌《ふうぼう》、雰囲気に間違いなく見覚えがあった。近づいていくと、齋藤社長だった。見覚えのレベルからいうと、もっと身近な人だと思っていたので、一瞬、背筋が伸びてしまった。

齋藤社長とは、それまでに二度しかお会いしたことがなかった。ショートストーリーを依頼されたときに会ったのが最初で、その後、パーティーでお会いしただけだ。身近に感じてしまうなど失礼極まりない話なのだが、なぜかこのとき、見覚えのレベルの針が「身近な人」の域まで達してしまったのだ。

齋藤社長は、これから仕事でパリへ向かうと仰っていた。ラフな格好をされており、同行者はおらず、お一人のようだった。スーツバッグを提げ、重そうなバッグの紐《ひも》が、肩に食い込んでいた。

イメージが貧困なので、社長→海外出張→窮屈そうなスーツ→部下のお見送り、という図式が浮かぶのだが、齋藤社長ご自身は、まったくこの図式から解放されていて、この解放感こそが、彼独特のイメージとなってこちらの記憶に残るのだ。もちろん、提げたバッグの中に、どんなスーツが入っているのかは簡単に想像がつく。社長→海外出張→窮屈そうなスーツ→部下のお見送り、を、実際にやらずとも、周囲に想像させられる人なのだ。

以前、お話ししたとき、日曜日の夜は、必ず妻と映画を見に行くのだと仰っていた。パリで暮らしていたころからの習慣で、パリには大好きな古い映画館があるとも仰った。

最近、パリへ旅行すると、ついその映画館を探しながら街を歩いている自分に気づく。ご本人に尋ねれば、すぐに場所と名前を教えてもらえるのだろうが、なぜか偶然にそれを見つけたくて、もう五年近くも見つけられずにいる。

空港での別れ間際、「あ、そう言えば、今度、フランスから勲章をもらえることになったんです。パーティーがありますから、もしお時間があればぜひ」とさらりと言われ、足早に立ち去られた。残念ながら、パーティーには伺えなかったが、「身近な」者として、自分まで誇らしい気持ちになれた。

もしも世界に齋藤社長があと十人いて、こうやって活躍されれば、国際的にも日本人男性のイメージは大きく変わるのではないだろうかといつも思う。

〈ひとよ　いろいろなものがやさしく見いるので　唇を噛んで　私は憤ることが出来ないやうだ〉

（立原道造「わかれる昼に」より）

BAR NAKAGAWA

今年、とうとう東京に雪が降らなかった（注・この原稿を書いている最中に、都心でやっと初雪が降ったらしいが）。とにかく、雪のなかった二月の東京で、ぼくらはかまくらを見つけ出した。

場所は代々木上原《よよぎうえはら》。「BAR NAKAGAWA」は、かまくらが雪明かりに照らされるように、住宅地の細い路地にぽつんとあった。店内に入ると、天井は低く、ますます雪で作られたかまくらのイメージが強くなる。カウンターにはシグード・レッセルの椅子が並んでいる。北欧の椅子というのは、どうしてこうも訪問者を歓迎しているように見えるのだろう。

実は、角田《かくた》光代《みつよ》さんにお会いしたとき、これとまったく同じような感覚におそわれた。歓迎というか、ああ、俺はここにいてもいいんだ、と思わせる何かを、角田さんは持っていたのだ。「まるで北欧の家具のようだ」と譬えて、角田さん本人が喜んでくれるかどうか不安ではあるが、とにかく、角田さんと北欧の家具はよく似合う。

あれは上京して初めての冬だったと思うが、東京に大雪が降った。九州出身なので、目の当たりにした雪は圧倒的で、思わず同郷の友人たちに連絡をして、その中の一人が住む吉祥寺《きちじょうじ》のアパートに集まった。何をやるでもなかったが、酒を買い込み、狭い部屋でこたつを囲み、酔って、外へ飛び出した。一面が白い雪に覆われた街に、一歩一歩つける足跡にさえ興奮していた。

降りしきる雪は、近所の公園を真っ白に染めていた。街灯に照らされた雪が、息をのむほど美しかった。

遊び疲れ、冷え切ったからだでアパートへ戻ると、また安い酒を飲み始めた。たしか男が二人、女が二人いたはずだ。深夜を回って、それぞれに睡魔が襲ってくると、みんなこたつに潜り込んで寝転んだ。こたつ以外、暖房器具のない部屋で、こたつに入れた足は温かいのに、布団から出た顔だけが切られるように冷たかった。蛍光灯を消すと、部屋の中がこたつの光で赤く染まった。寝ようとすると、誰かがケラケラと笑い出し、また思い出話に花が咲き、誰かが誰かの足を蹴《け》って叱られる。

とても不思議なのだが、この夜の記憶に、ときどき角田さんが登場することがある。この夜、雪の公園で遊び、一緒にこたつを囲んでいた友人の中に、角田さんがいたような気がしてならないのだ。もちろん当時、まだ角田さんとは面識がない。それなのに、あの夜の記憶に、なぜか角田さんが交じっている……。

その夜、雪は深夜まで降り続いた。窓の外で、雪の積もっていく音を聞いていた。しんしんと積もるという言葉を、初めて自分のものにした夜だったのかもしれない。

東京に雪の降らなかった今年、偶然にも代々木上原でかまくらを発見した。店内の居心地がとても良かったのは、もしかすると、雪の夜に閉じ込められたような気分を自然に味わっていたからかもしれない。しんしんと。そう、しんしんと外で何かが積もる音を聞きながら。

〈冬の夜の室内の　空気よりよいものはないのです〉

（中原中也「冬の夜」より）

Bar Kasumichou Arashi

バーで酒を飲むという行為は、どこか本を読むのに似ていると、以前からずずっと思っている。

カウンターに着いて、酒を注文するのは、本棚の前に立ち、今夜読む本を探す行為に似ているし、好きで注文した酒が、体調や気分によって美味《うま》くない夜もあれば、さほど好きでなかった酒が、なぜか妙に美味《おい》しく感じられる夜もある。

敬愛するヨシフ・ブロツキーというロシアの詩人が、ノーベル文学賞を受賞した記念に行った講演で、こんなことを語っている。

「小説や詩というものは書き手と読み手の相互の孤独の産物である」

今回、訪れた「Ｂａｒ　霞町　嵐」は、西麻布の急な坂道の途中、住宅が建ち並ぶ一角の地下にぽつんとある。

六本木に比べれば、いくぶん静かな西麻布だが、それでもこの坂道を上がっていくと、その微《かす》かな喧噪《けんそう》も背後に遠のく。銀座のど真ん中にあろうと、渋谷《しぶや》の賑わいの中にあろうと、バーと世間との間には必ずある、喧噪と静寂の境界がここにもあるのだ。

だが、地下への狭い階段を下り、このバーの扉を開けたとたん、喧噪の小さな爆発を感じた。銀座や渋谷のバーが、喧噪の中にある静寂ならば、ここ「Ｂａｒ　霞町　嵐」は、静寂の町にある小さな喧噪の場所なのかもしれない。

たまたま、この夜がいつもより賑わっていただけかもしれないが、バーテンダーの明るい声や雰囲気は、この店のいつもの賑わいを伝えているようにも見える。かなりの人気店だとも聞くし、たまたまこの夜だけが賑やかだったとは思えない。

カウンターの向かいには、豊富な酒のボトルが並んでいる。このボトルの並べ方だけ見ても、店の特徴は分かるものだが、この店ではボトルまで賑やかにその夜を楽しんでいるように並べられている。壁のモニターではクラシックとまではいかないが、決して新しくはない映画が上映され、店内には軽快な曲が流れる。

ブロツキーもいうように、小説や詩というものが、書き手と読み手の孤独が作り出すものだとすれば、読書に似たバーで酒を飲むという行為もまた、店と客との孤独が作り出す時間なのだと思う。そして本にもいろんなジャンルがあるように、バーにも静かなバー、賑やかなバー、寂れたバー、流行のバーと、いろんなバーがあるほうがいい。

次から次に訪れる客と、親しく、そして賑やかに言葉を交わすバーテンダーの会話を何気なく耳にしながら、シングルモルトを数杯飲んだ。飲みながら、ふと孤独という文字を思い浮かべた。孤独というと、どこか独りきりの印象があるが、実はそうではないのではないか。逆に人が集まれば集まるほど、そこにある（誰かが抱え込んでいる）孤独というのは、深く濃くなっていくのではないだろうかと、ふと思う。

〈もしもわれわれが支配者を選ぶときに、候補者の政治綱領ではなく読書体験を選択の基準にしたならば、この地上の不幸はもっと少なくなることでしょう。〉

（ヨシフ・ブロツキイ「私人」より）

Nito Monogatari

新宿ゴールデン街に初めて足を踏み入れたときのことを、僕は未だにはっきりと覚えている。連れていってくれたのは、当時、某局で夜のニュース番組を制作していたディレクターのYさんだった。待ち合わせ場所を指定されたとき、正直、その街が新宿の東口にあるのか、西口にあるのかさえ知らなかった。

Yさんとはその数日前に知り合ったばかりだった。半年ほど前に、文芸誌に応募していた小説が最終候補に残っていた。一方、Yさんは現在の文学賞に関する特集を企画していた。連絡を受け、取材を受けた。テレビの取材を受けるなど、もちろん初めてのことで、マイクを向けられていると、自分がどんな風に何をしゃべったのか、しゃべり終わった途端に思い出せなくなるほどだった。

取材が終わって、Yさんがゴールデン街に誘ってくれた。約束した夜が、ちょうど新人賞の選考会の前夜だった。

Yさんと待ち合わせしたのは、「二都物語」という名のバーだった。足を踏み入れたことはなかったが、その街がどういう雰囲気の街なのかは知っていたので、すぐに見つけ出せるだろうかと心配していたのだが、意外とあっさり見つかった。ただ、見つけたあと、そのドアを開けるのに、かなりの時間がかかった。

決して頑丈とは言えない薄いドアは、黒いペンキで塗られ、紫色の文字で店名が書いてある。深呼吸してドアを開けると、予想に反して、そこには途轍《とてつ》もなく急な階段が二階へと延びていた。人がやっと一人通れるほどの通路の壁には、芝居のポスターやら映画のチラシやらが所狭しと貼ってある。梯子《はしご》を昇るように二階へ上がると、不気味なマネキンが出迎える。もしも、このタイミングでYさんの顔が見えなければ、引き返してしまったかもしれない。店内にはちあきなおみの唄《うた》が流れていた。

この夜の印象的な会話を未だに覚えている。最初はYさんとばかり話していたのだが、途中から、横に座っていたおじさんも会話に加わっていた。「明日《あした》、受賞するか、しないかで、君の人生大きく変わるねぇ」とその人は言った。「何者かになるか、ならないか、明日で決まるわけだ」と。

ゴールデン街にまだ慣れていなかったし、まだ二十代の若造だったこともある。僕はそのおじさんの話を真面目に聞いた。実際、明日の結果次第で何かが大きく変わるような気がしていたのだと思う。が、そのときだった。僕らの前に立っていたママがグラスに氷を入れながら、「じゃあ、受賞しなかったら、この人は何者でもないの？」と、その人に言い返したのだ。「そんなことないわよ」と。

その人に食ってかかるような口調でもなく、ママの口から自然とこぼれた言葉だった。選考会を翌日に控えた夜だった。なぜかこのとき僕は自身の受賞を確信できた。と同時に受賞できなくてもいいんだと素直に思えた。

あれからもう十年が経つ。何者でもないまま、いや、何者かのまま、僕は未だにここ「二都物語」に通っている。

〈この庭には何もない。記憶もなければ何もないところへ、自分は来てしまったと本

多は思った。庭は夏の日ざかりの日を浴びてしんとしている。〉

（三島由紀夫「天人五衰」より）

※編集部注　本章で紹介されているお店の情報は雑誌掲載当時の２００６年から２００７年のものです。閉店しているお店もありますのでご了承下さい。

長崎　戻る

「どういう瞬間に、『ああ、故郷《ふるさと》へ戻ってきたな～』と思いますか？」

今回の取材中、何気なくかけられた編集の方からの質問だった。たとえば、人工島の長崎空港に降り立ち、車で橋を渡るとき？　たとえば、今回紹介させてもらった地元の名物（刺身、餃子《ギョーザ》、ハンバーガー）を口にしたとき？

そう訊《き》かれれば、たしかにそんなとき、「ああ、故郷に戻ってきたな～」と思っているような気もする。が、「そうですね、まさにそんなときですね」と、素直に答えられない妙なしこりも残る。

最近は年に一度くらいの割合で、故郷長崎に帰省する。新刊のサイン会で呼んでもらったときに、ついでに実家へ寄る程度のものなのだが、やはり実家に一泊するのとしないのとでは何かが大きく違う。

今回は、急なスケジュールだったせいもあり、この欄の取材以外に何の予定も立てていなかった。普段なら、地元の友人と酒を飲みに出かけたり、同行してもらった方々と美味《おい》しいものを食べに出かけたりするのだが、今回ばかりは何もない。多少、二日酔いだったせいもあり、撮影が終わると、タクシーを拾い、実家へ戻った。運転手さんに行き先を告げる際、無意識に言葉が長崎弁に戻っている。夏日を受ける急な坂道を上がる。上がるにつれ、港を中心とした長崎の街が眼下に広がっていく。実家近所でタクシーを降り、そこからは車が入り込めない路地に入る。路地の先に階段がある。やはりそこからも、いっそうひらけた長崎の街が見下ろせる。

夕方、早目に熱い風呂《ふろ》に入って、夕食まで仏壇の前に寝転んで時間を潰《つぶ》した。五年や十年ぶりの帰省ならば、家族も歓迎してくれるのだろうが、たかが数ヶ月ぶりでは歓迎もない。「兄ちゃん、今日、何食べたい～？」と義妹《いもうと》に訊かれ、「なんでもよかよ～」と枕にした座布団を丸め直す。その後、一切、誰からも相手にしてもらえない。

あまりにも暇なので、手の届くところにあった棚の引き出しを開けてみた。ごそごそと中を探っていると、黄ばんだ小学校時代の成績表なんかが出てくる。パラパラと捲《めく》ってみると、一学期「授業中のおしゃべりが多いようです」と書いてあり、生活欄では「廊下をしずかに歩く」に×がつけられている。

正直、見なきゃ良かったと思いながら成績表を引き出しに戻して、またごろんと横になった。テレビを見ているらしいお隣さんの笑い声がする。さっき不謹慎にもライターでつけた線香の灰が、音もなく落ちる。寝転んだまま、行儀悪く脚を上げた柱の上には、もう十年も前に亡くなった母の遺影。

「ああ、戻ってきたな〜」

つい心の中でそう呟《つぶや》きそうになって、慌ててやめた。……できれば、この科白《せりふ》、もうちょっと気の利いた場面で使いたい。

祖母のダイニング

明治生まれの祖母は、パンが好きだった。若いころに勤めていたという西洋料理店の影響らしい。朝は必ず食パンを焼き、ママレードやジャムをたっぷりと塗る。昼食も芋の煮っころがしとパンを食べているところをみたことがある。

この祖母のダイニングが、とても居心地が良かった。学校が終わると、必ず寄って、ここの冷蔵庫を覗《のぞ》き込む習慣さえあった。腹を空《す》かした孫に、祖母はフレンチトーストを作ってくれたり、芋のてんぷらを揚げてくれたりした。

北向きの、どちらかと言えば、薄暗いはずの場所だった。にもかかわらず、思い出の中の風景に、まったく薄暗さを感じない。逆に流し台の向こうにある窓からは空き地が見えて、生い茂った雑草が青々と日に照らされている。ダイニングの横に裏口があったからかもしれない。祖母はどんなに寒くても、この裏口の戸を開け放ち、仏間で火鉢を抱いていた。それに、テーブルには明るい色のクロスがかけられて、使い古したトースターや箸立《はした》てや買ったばかりの食パンが置いてあった。

まだ幼かったころは、このダイニングの椅子に座って、足をぶらぶらさせながら、祖母が作ってくれるおやつを待っていた。思春期になり、背が伸びて、祖母と口をきくのも面倒な時期でさえ、この椅子に座り、何か出てくるのを待っていたような気がする。

高校を卒業して上京すると、祖母から手紙が届くようになった。「がんばってますか？」から始まる文面はいつも同じで、外食ばかりせず、たまには自炊しろと、料理方法を事細かに記した内容が多かった。

手紙を読むと、いつも祖母のダイニングを思い出した。文机《ふづくえ》がなかったので、きっと祖母はあのテーブルで手紙を書いていたはずだ。封を開けば、こんがりと焼けたパンの香りがするようだった。

残念ながら、上京した翌々年に、祖母は帰らぬ人となった。最後に話したのは電話だった。やはり、「がんばりなさいよ」と言われた。

亡くなるちょっと前の休みに帰省して、ほとんど毎日病院へ見舞いに行った。まだ体調も良く、食欲もあり、「病院食ばかりだと飽きるだろうから、何か買ってこようか？」と尋ねると、最近、オープンしたらしい宅配ピザを食べたいという。東京でも今ほど宅配ピザ店が多くなかったころの話だ。

さすがに病院へ配達してもらうわけにはいかないので、ひとっ走りバイクで買いに行った。熱々のピザを持ち帰ると、浴衣《ゆかた》姿の祖母は、美味しそうにぺろりと二ピースも平らげた。

最近、なぜかあのダイニングが懐かしくて仕方がない。すでに改築されて残っていないが、パン好きだった祖母が愛したダイニングに、腹を空かせて、また行きたくて仕方がない。

インタビュー

一流ブランドたる由縁

聞き手・田中敏恵

本書の成り立ち

――本書『ブランド』は、今まで吉田さんが広告や雑誌の企画で書かれた小説やエッセイなどを一冊にまとめたものです。こうやって読んでいくと、本当にたくさんの媒体で書かれていますね。

吉田修一（以下吉田）：書きましたね。芥川賞を貰った後ぐらいからこういうお話をいただくようになりましたが、自分で振り返ってみて、時の流れというか、成長と言いますか、やっぱり人間って、ものの受け取り方とか、好みとか、あと何より生きていく呼吸というのが変わってくるんだなと、つくづく思いました。

――企業やブランドから依頼されて文章を書く初めての体験のことは覚えていますか？

吉田：強烈な印象として残っているのは、エルメスのピュイフォルカ（※注⑪）という銀食器ブランドのタイアップですね。掲載がフランスの雑誌だったんですよ。なので、書いたものをフランス語に翻訳して、フランスで出しますと。逆に日本では出ない（笑）。面白いでしょ？　さらに興味を引かれたのが、内容に関しては一切の制限がなく、自由に書いてください、って。その時たまたま、ピュイフォルカの職人さんが東京にいるので見学しませんかというお話も貰って、見学しました。またいろいろな資料、本、写真集をいただいて、それを見たりしていったんですが、気がつくと、この企画自体というよりも、すっかりピュイフォルカという銀製品ブランドのファンになっていたんですよね。以来、こういう話があるとなるべく受けるようになったんです。

――新聞、文芸誌等で連載した作品、あるいは書き下ろし作品とは、本書は成り立ちからして違います。そういう意味でも、吉田さんの本の中で独特の立ち位置をもつといえるのではないでしょうか。ファンの方はもちろんのこと、作家と企画を考える人とか、メディアミックスで仕掛けたいと思っているプロデューサーを目指す人などにもとても興味を持たれるように思います。普段は文芸作品を読まず、自己啓発本とかビジネス本とか読んでる人にも意外と響くんじゃないかなって思ってるんです。

吉田：今回読み返してみて、私もそういう印象なんですよ。だからなのかな、タイトルを「ブランド」にしたいと提案しまして。

――独特な立ち位置を持っている本ですから、今までの著者インタビューではない、仕掛けとか企画とか、そういうことと作家がどういうふうに対峙するのかをじっくりおうかがい出来たらなと思っています。

吉田：田中さんにはこういう企画で何度もお世話になっているので、頼もしいといいますか。今日はとにかく楽しみにうかがいました。

小説の書き方の違い

――『パレード』（※注⑪）を読んだ時に、私はあの目次は編集者が書いたと思ってたんですよ。

吉田：そうおっしゃってましたね。

――目次は登場人物の名前と年齢などのあと、「現在、なんとかで○○中」という終わり方で統一されていました。あれがとてもキャッチーでした。だから編集者が書いたんだと思っていたんです。その後たぶん2003年頃、吉田さんにお会いした時に直接、「あれを書いたのはご担当の編集者ですか?」とうかがったら、「いや、僕なんですよ」とおっしゃった。その時から、吉田さんはコピーのセンスもあると思っていたんです。そしてそういうコピーセンスは『パレード』以降ずっと活かされていなかったように思います。活かしていなかったものが、ここにギュッと凝縮している感じがしたんです。

吉田：なるほど。意識的ではなかったですが、キャッチーな、というか、いわゆる決め台詞的な文章からは徐々に離れていったような気がします。少し話は逸れますが、例えば三島由紀夫の小説を読んでいると、たくさん赤線を引きたくなるじゃないですか。でも、川端康成の小説って、いわゆるアフォリズムというか、赤線を引きたくなるような文章があまりないように思うんですよね。一文一文は飾り気のない文章なのに、でもなぜか、物凄い何かを読まされている感じがするというか。そういうものに徐々に憧れていったのかもしれないですね。ただ、もちろん三島的なコピーセンスにも憧れはあって。

――キャリア初期の段階では使っていた。

吉田：上手くいっていたかどうかは分かりませんが。逆にいえば、本来の自分の気質としては、この場合、作家じゃない部分という意味ですが、そこではコピーセンスのある人が好きだし、自分もそうありたいと思ってますからね。

――吉田さんは作品論を語られる際に『悪人』（※注㊋）以降とよく表現されますが、事実『悪人』以降骨太なものが多く、中長編作品がほとんどです。だからなかなかそのセンスを出しにくかったのではないでしょうか。もともとはあったけれど出せていなかった作家の一面が、ふんだんに入ってるように感じます。

吉田：『悪人』以降の小説の登場人物たちが自分自身からだんだん離れていったのは間違いないですね。もしかすると、そこで置き去りにされた自分の本質というか、サービス精神みたいなものが、こういう企画の文章にはちらほらと出てくるのかもしれないですね。この本に収められているのは、読者に楽しんでもらいたい文章なんですよ。クライアントありきというのは、ストレートに言ったらそのクライアントのことを褒めるわけです。何かを貶すのは簡単ですが、何かを褒めるのは本当に難しい。誰にでも王様を貶すことはできますけど、詩人にしか王様は褒められない。そういう仕事だというプライドを持ってますし、だからこそ、依頼されたクライアントの本質を見たいし、もっといえば、これを読んでくれた方に楽しんでほしいという気持ちがまずあるんです。言い換えれば普段書いてる小説には、そこまでの読者サービスがないというか、そこまでの余裕がないんでしょうね。

——クライアントありきのお仕事と普段の小説の違いといえば、NGな内容ももちろんあるわけですが、そこに書きにくさを感じたりしますか?

吉田:逆なんですよね。こういう仕事だとちょっと制約がある面白さ、ルールがある面白さがあるんです。

——ルールがある面白さの中で、自分の色みたいなのを出そうっていうのは、どのぐらい意識しているんですか?

吉田:出そうとするというよりは、出ちゃうんでしょうね。例えば2003年にエルメスの依頼で書いた「楽園」っていう短編小説は『春、バーニーズで』(※注㈬)の中に入っています。同じ時期に文芸誌で書いた純文学作品と、なんの違和感もなくピタッとハマるんですよ。

だから根本的なところでは文章を書くということには全く違いがないのかもしれません。本当に違うのはもしかしたら些細なところなんでしょうね。ただ、完成したものが多少キャッチーというか、そういうタイプのものになるか、まったくならないかっていうだけで。

また、エルメスのピュイフォルカの職人さんもそうですけど、パナソニックではマーケティングの方とか商品開発の方たちと食事させてもらったりする機会があったり、ティファニーでは社長と会食させてもらったりしました。ああいう方々に会うと、それぞれの仕事や製品に対する思いがやっぱり伝わってきます。一番刺激されるのは、そのあたりだと思うんです。

——現場ですね。

吉田:そう現場。とにかく現場が大好きなんですよ。なので、そういうクライアントの人たちの話を聞くのがすごく刺激的で、もしかすると現場の人たちのことを小説にしたいという欲求があるのかもしれません。直接的にしろ、間接的にしろ。言ってみれば、誰もが憧れるようなきらきらしたブランドを担っている人たちじゃないですか。でも、実際にそういった方々に会うと、ちゃんと汗をかいてる感じが伝わってくるんですよ。だからこそ、きらきらしているというか。逆に、本当にきらきらしちゃってる人たちが担ってるブランドって、やっぱり魅力ないですよね（笑）。

――なるほど。

吉田：たとえば『悪人』を書こうとした時に想起されるのは、九州の長崎、佐賀、福岡で鬱屈した青春時代を送ってる若者たち。一方、今回の作品群は、ブランドの現場で働いてる方たちを、もちろんそのまま主人公にするわけではないんだけど、その人たちが持っている何かから生まれている話なんだと思います。

一流ブランドの条件

――本書にはいくつか私が頂いた原稿もあります。つまり仕掛ける側のチームに入ったことが何度かありました。ここに収録されていませんが、パークハイアット東京の25周年を記念して書き下ろし小説『アンジュと頭獅《ず》王《し》』を執筆していただきました（※注㊍）。それもこの本と性質としては近しいところがあります。その時に吉田さんがよくおっしゃってたのが、パークハイアット「を」書いてくださいじゃなくて、パークハイアット「で」書いてください、というのが大変印象に残ったし、そこがすごいと思うと。同じように、本書のクライアントたちも、吉田さんに製品を買ってほしい、使ってほしいではなくて、吉田さんに本質を見て書いてほしいという。そこは似てるけど全然違います。ブランドのイメージを担う人と、ブランドを消費する人との違いとでもいいましょうか……

その境界線をわかってる人たちに、依頼をされている気がするんですよね。何故かというと、吉田修一がそこに自覚的だからではないでしょうか。「僕、ブランドが好き。だからいつかブランドと仕事したい」ではないというか。

吉田：たしかに。そういう気持ちは一切ないですもんね。

――その違いが、何故吉田修一がこんなに多様なクライアントとハッピーな関係を築きながら良質な読み物を書き続けられているかみたいなもののヒントでもあるのではないでしょうか。なかなか自分ではおっしゃりづらいことかと思いますけど。もし「を」を書いてほしいだったら、あんまりモチベーションが上がらないんじゃないですか？

吉田：きっとそうでしょうね。

――だから、ピュイフォルカをセットでドンと渡されて、好きに使ってください、それで書いてくださいという依頼よりも、職人を見て書いてくださいというほうが好みだと思います。

吉田：そもそも、洗練というよりは、泥臭い世界や人間を書いてきた作家じゃないですか。ある意味で、そんなハイブランドのイメージとは真逆にいるような作家なのに、どうしてこんなお話をもらえるんだろうって、ちょっと不思議な感じはあったんですよ。でも、今の田中さんの話をうかがって、その境界線というか、本質的なものに敏感な方々から声をかけてもらっているのであれば、これほど嬉しいことはないですよね。もちろん、私にも好きなブランドはあるんですよ。でも、だからといってそこと仕事したいと思っているわけではない。そこにあるのは「好き」という単純な思いなんですよね。また今インタビューを受けていて思ったことがあるんですが、一流ブランドたる由縁というのは、それが物語を持ってるかどうかではないでしょうか。一流ブランドの条件っていうのは豊かな物語を持っているっていうことなんですよ。持っていないブランドはやっぱり本当の意味でブランドとは言えない。

――なるほど。

吉田：とすればですよ。物語というのはイコール文学なわけです。豊かな物語というのはまさに文学のことであって、私みたいに文学を志す者とは絶対に親和性があるはずなんですよ。

――すごく合点がいきます。吉田さんは、企画ものので何度かご一緒したときも、メモをされないですよね。

吉田：しないですね。

――本当に向こうが不安になるほどに。それはきっと、ディテールやデータではなく物語を見てるからなんですね。

吉田修一がデビュー当時から持っているもの

――男性作家ですが、エルメス・ピュイフォルカの銀食器やティファニーのジュエリーのように、マッチョじゃない世界のことも書かれてるっていうのも特徴かと思います。そこも吉田さんの個性のように思うんです。

吉田：ジェンダーやセクシャリティーのことは置いておいたとしても、昔から変な男の子っぽさは無いですからね。

――フラットなんだと思います。デビュー作である『最後の息子』（※注㊎）も、新宿二丁目で働くバーのママ・閻魔《えんま》ちゃんと同棲している僕の話であるところから、ジェンダーに対してフラットでした。男っぽいとか女らしいとかじゃないところで人を見てるところがある。そういう視点がクライアントが求めている作家像に合うところがあるんじゃないかなと思うんですよね。

吉田：田中さんとはジェンダーがまたがっているところでもやらせてもらっていますよね。本書収録のティファニーの企画（※注㊏）でも男の子同士でジュエリーを買う場面がありました。

――はい。

吉田：ふたりでジュエリーを買う話でしたが、最初、難色を示されるかと思ったら、逆に評判が良かった。その打ち上げかなにかだったと思うのですが、田中さんが「もしかしたら、いつかティファニーで男の子同士のエンゲージリングみたいなのが出来るかも」とおっしゃったんです。5年以上も前です。もちろんその意見が直接届いたわけではないと思いますが、その後ティファニーが同性向けのラインを打ち出したじゃないですか。あいうのは面白いですよね。

——あの広告のシリーズは、朝日の賞も獲りましたね（※注㊗）。ホリデーシーズンのジュエリーと言ったら、女の年末総決算みたいなところがあるじゃないですか。そこで男性に小説を書いてもらいながら、しかも女性の夢を入れ込むかと思いきや男性同士のカップルの話が出てきて、というような、結構思い切った作品も中にはある。そういう意味で本書は、吉田さんが持っているフラットさとか、『パレード』でも感じられる、読む人をまず最初に「なになに？」と思わせるちょっとしたサービス精神とか、吉田修一という作家がデビュー当時から持ってたものを象徴する、独特の立ち位置を持つ本といえそうですね。

日常を輝かせる瞬間

——今の時代は、そこそこなものを手に入れるのはすごく簡単だと思います。でも逆に心の底から良いものを見つけたり、楽しむことは難しい。SNSを筆頭とするメディアの多様化で口コミなども簡単に手に入ります。変なものをつかまされることも減ったでしょうが、逆に「私は本当にこれが欲しかった」っていうものを見つけるのが難しいように思います。つまりそれは、本当に楽しいと思える機会もなかなか無いってことだと思うんですよね。この小説に出てくる人たちは、自分なりの「本当に楽しい」を知ってる気がします。「それ最高じゃゃん」っていうような誕生日を過ごしてたりとか。

吉田：たしかに、そうかもしれませんね。誰かに見せたい幸せじゃなくて、誰にも見られなくていい幸せ。

――久しぶりに会った女の子とカフェに入って「近いよ」って言ったら「いいのいいの。いつも離れてるんだから」とか言われるの、楽しいだろうなぁって思いますもの（笑）。（※注㊗）

吉田：外連味というか、普段の小説だとなかなか書かないようなフレーズをわりと恥ずかしげもなく書いてますよね。

――「一番を知っている人」とは、一番良いものを知っているという意味と同時に、自分の一番楽しいことを知る人たちでもあるんでしょうね。で、そういう人たちを吉田さんは知っていたから書いている。

吉田：たしかに。そういう人たちには恵まれているかもしれない。

――自分の楽しみを知ってる人たちが周りにいて、そういうシーンにたくさん出会ってるから書ける。『悪人』じゃなかなか出せない描写を、こういう企画で出しているのではないでしょうか。人にはそれぞれ輝くシーンがある、そのシーンを外連味たっぷりに書くことは、ブランドと一緒の時間が与えたいことでもある。つまりとても大事な瞬間だから入ってるんではないでしょうか。

吉田：本当にそうかもしれないですね。惜しげもなく、手放しで幸せな瞬間を書いてますからね。たとえば、森山大道さんのことを書いてるじゃないですか（※注㊟）。手放しでこんなに人を褒めるとか、好きだと表現する文章というのはそうそう書かない。こういう、普段ならなかなか書かない描写が入っているんですよね。で、今話をしていて「そうか」と思ったんですが、やはりブランドはそんな幸せな一瞬のために存在するものだと思うんですよ。

――そうですね。

吉田：日常の幸せというか、それを輝かせるために存在するものが一流のブランドなんですよ。ということは、やっぱり今回の企画、この本は、一流のブランドが私たちに与えてくれる一瞬をちゃんと書けているのかもしれないですね。

——ですね。

吉田：まさにブランドってそれを象徴しているんだと思うんです。なんでもいいんですよ、すごく楽しくて、「あー今日は本当にいい夜だったな」という会食があったとして、その時のグラスがサンルイっていうだけで、何かが加わるんです。

——本当に。

吉田：デートに行きました。その時に着ていたりつけてたりするものがティファニーだったりエルメスだったりする。もちろんそうじゃなくてもいいんだけど、そうだった時のその瞬間に自分のことがいつもよりもっと好きになる。

——一瞬の輝き、大事で大事で宝石箱にしまいたいということ。下心の無い喜びですね。

吉田：そうなんですよ。下心の無い喜びなんですよ。遊んでる子どもたちが楽しそうに見えるのって、楽しいところを誰かに見てほしいわけじゃない。自分が楽しいから楽しい。でも大人って楽しんでるところを誰かに伝えたいし見てほしいのがあるじゃないですか。

——もっと言うと、楽しくないのに楽しいふりをするシチュエーションも多いですよね。そういうのに疲れちゃってると、純粋に喜べる一瞬がいかに貴重かっていうのはわかりますよね。また、SNSが成熟してきてみんなに発信しなきゃいけないようなプレッシャーの中にいると、自分の価値観や審美眼が大丈夫だろうかと不安になる人もいると思うんです。そうじゃなくていい、違ってもいい、それぞれのきらめきはある、とこの本は言っているように思います。

吉田：そうですね、そのすべてがハッピーエンドってわけじゃないですしね。

——きらめきの引き出しみたいなものが、すごく多様な気がしますね。

吉田：だからさっきの、パークハイアット「を」じゃなくて、パークハイアット「で」もそうですけど、「じゃなくてもいい」っていうものを書かせてくれるんですよね。パークハイアット「を」書かなくていいっていうのは、パークハイアットでなくていいから、「ホテルという空間の素晴らしさを」書いてほしいということだと思うんです。一流ブランドというのはその辺を楽しむことなんだと思うんです。

贅沢な作品集

――小説をレストランで喩《たと》えると、『悪人』を含め、この十年の吉田修一作品にはステーキのようなメインディッシュが多かったように思うんです。けれどここにあるものはメインではなく前菜のような存在。一方、ここ数年、前菜が10品ぐらい来て、それからメインというようなスタイルのレストランが注目されています。それは多分、そのほうが食材やテクニックをいろいろ使えるからだと思うんです。

吉田：なるほど。

――そういう意味ではここのところ話題となるレストランのように、作家・吉田修一のいろいろなテクニックを見せてもらっている本だなとも思いました。

吉田：吉田修一前菜集。

――はい。オーセンティックなフレンチですと冷たい前菜、温かい前菜、メイン、デザートみたいな4、5品で終わりますが、ずっと小さい面白いプレゼンテーションがたくさんあって、最後のメインとなるような……。ここ10年以上、吉田修一はほぼメインしか作ってない。魚だったり甲殻類だったり肉だったりジビエだったりするかもしれないけど、ほぼほぼメインだったんです。だけど『ブランド』は、世界中の気鋭のシェフが採用している、前菜のプレゼンテーションがいくつもあるスタイルによって、シェフの腕とテクの幅の広さみたいなのがいくつも散見できます。

吉田：だとしたら、この吉田修一前菜集を読んでいただいたあと、ぜひ『犯罪小説集』や『国宝』のようなメインを読んでいただきたいですね。実はこの本にある物語の中から、それこそメインな作品に発展していってるものも結構あるんですよ。——2004年から2021年までの作品が収録という、こんなに長期にわたる作品が一冊にぎゅって入ってるっていうのも贅沢だし、能ある鷹ではないですけど、隠してた爪がたくさん出てるみたいなところも、とても贅沢ですよね。ブランドって贅沢なモノではなく、贅沢な物語や時間を提供している、という話がありましたが、この本もまさにそんな存在だと思います。

吉田：ありがとうございます。この本を読んでいただいた読者の方が、「そういえば、私にもこういう幸せな瞬間があったな」なんて、ふと何かを思い出してもらえたりすると、本当に嬉しいですね。

※注(日) フランスを代表する銀製品のブランド。1993年からエルメスのグループとなる。

※注(月) 2002年刊行。ルームシェアする男女5人を描いた第15回山本周五郎賞受賞作。

※注(火) 2007年刊行。毎日出版文化賞と大佛次郎賞をダブル受賞した初期代表作。2010年映画化。

※注(水) 2004年刊行の短編集。WOWOWでドラマ化。

※注(木) 2019年刊行。「パーク ハイアット 東京」の25周年記念事業の一環として依頼された。

※注(金) 1999年刊行のデビュー短編集。97年文學界新人賞受賞の表題作を収録。

※注(土) 本書収録「ティファニー2012」。2014年には角田光代氏とコラボの小説を発表している。「ティファニーとともに幸せな週末を」シリーズ。

※注(祭) 2012年度朝日広告賞くらし部門賞受賞。

※注(祝) 本書収録「東京湾景202×」。日産自動車とのタイアップで書いた2003年刊行の『東京湾景』の後日譚。

※注(自) 本書収録「THE BAR」の中の「B BAR MARUNOUCHI」に記述。

初出一覧

写真／新年／絆　「ＡＥＲＡ」朝日新聞出版　２００６年10月16日号、12月11日号、２００７年３月12日号　セイコーエプソン
世田谷迷路　「週刊新潮」新潮社　２００４年10月７日号　日産自動車
東京湾景２０２Ｘ　「別冊週刊新潮」新潮社　２０１６年２月22日号　日産自動車
ティファニー　２０１２（ティファニーとともに素敵な週末を）「朝日新聞」朝日新聞社　２０１２年12月　ティファニー
「ＮＩＧＨＴ ＣＯＬＯＲ」シリーズ「ＢＲＵＴＵＳ」マガジンハウス　２０１１年５月15日号～２０１２年３月15日号　パナソニック
０・８「モノガタリ ｂｙ ｍｅｒｃａｒｉ」２０２０年ｗｅｂ掲載　メルカリ
予感。「文藝春秋」文藝春秋　２００５年４月号　サンルイ　エルメスジャポン
日常前夜「ダ・ヴィンチ」ＫＡＤＯＫＡＷＡ　２００７年７月号　メルシャン　キリンホールディングス
銀座瀑布　会員向け小冊子　２０２１年　エルメスジャポン
アンダルシアにこぼれ落ちた時間。「Ｅｓｑｕｉｒｅ」２００８年８月号

ブータン紀行　「ＦＲａＵ」講談社　２００８年10、11月号

ブレーキ／ハンドル／アクセル／パーキング　「ＳＨＩＦＴ　ＭＡＧＡＺＩＮＥ」
２００８年Ｓｕｍｍｅｒ（５号）、Ａｕｔｕｍｎ（６号）、２００９年Ｓｐｒｉｎｇ（８号）、２００８－２００９年Ｗｉｎｔｅｒ（７号）　日産自動車

南国の気配。　「Ｅｓｑｕｉｒｅ」　２００５年８月号

最愛の人　「週刊文春」文藝春秋　２００９年12月３日号　日本製紙連合会

風が住む場所へ　「ＳＨＩＦＴ　ＭＡＧＡＺＩＮＥ」２００７年Ｓｕｍｍｅｒ（３号）　日産自動車

東京の森　「ｙｏｍｙｏｍ」新潮社　２０１３年夏号　大塚製薬

山崎という町の気配　「サントリークォータリー」２００８年秋号　サントリー

鏡合わせの都市　「ＴＨＥ　ＧＯＬＤ」２０１０年２月号　ＪＣＢ

ＴＨＥ　ＢＡＲ　「ＳｅｖｅｎＳｅａｓ」２００６年８月号～２００７年７月号

長崎　戻る　「文藝春秋」文藝春秋　２００７年８月号

祖母のダイニング　「東京人」都市出版　２００７年４月号　ＩＮＡＸ（現ＬＩＸＩＬ）

※末尾は依頼企業

吉田修一（よしだ　しゅういち）
1968年長崎県生まれ。97年「最後の息子」で文學界新人賞を受賞し作家デビュー。2002年『パレード』で山本周五郎賞、同年「パーク・ライフ」で芥川賞を受賞。07年『悪人』で毎日出版文化賞、大佛次郎賞、10年『横道世之介』で柴田錬三郎賞、19年『国宝』で芸術選奨文部科学大臣賞、中央公論文芸賞を受賞。著書に『路《ルウ》』『怒り』『女たちは二度遊ぶ』『犯罪小説集』『逃亡小説集』『湖の女たち』など多数。

ブランド

2021年７月30日　初版発行

著者／吉田《よしだ》修一《しゅういち》

発行者／堀内大示

発行／株式会社KADOKAWA
〒102-8177　東京都千代田区富士見2-13-3
電話　0570-002-301（ナビダイヤル）

印刷・製本／図書印刷株式会社

ISBN 978-4-04-111250-2　C0093